主编 凌翔　　　　　当代著名作家美文自选集

一路断想
惟有时光

高丽君 著

民主与建设出版社
·北京·

© 民主与建设出版社，2019

图书在版编目(CIP)数据

一路断想　惟有时光 / 高丽君著 . —北京：民主与建设出版社，2019.12
ISBN 978-7-5139-2762-8

Ⅰ.①一… Ⅱ.①高… Ⅲ.①随笔－作品集－中国－当代 Ⅳ.① I267.1

中国版本图书馆 CIP 数据核字（2019）第 248074 号

一路断想　惟有时光
YILU DUANXIANG　WEIYOU SHIGUANG

出 版 人	李声笑
著　者	高丽君
责任编辑	周佩芳
封面设计	陈　姝
出版发行	民主与建设出版社有限责任公司
电　话	（010）59417747　59419778
社　址	北京市海淀区西三环中路 10 号望海楼 E 座 7 层
邮　编	100142
印　刷	唐山楠萍印务有限公司
版　次	2020 年 1 月第 1 版
印　次	2020 年 1 月第 1 次印刷
开　本	710 毫米 ×1000 毫米　1/16
印　张	13
字　数	200 千字
书　号	ISBN 978-7-5139-2762-8
定　价	49.80 元

注：如有印、装质量问题，请与出版社联系。

目 录

第一辑　在云端

一路断想　惟有时光　002
安然　006
在岁月的缝隙里苟且偷生　008
今夜东风独自凉　012
雨纷纷　故里草木深　014
六月碎语　016
我的世界愿为你留住整个春天　019
偷来时日度新年　021
你必须成为一个对自己的庆祝
——致我的 2014　026

第二辑　在红尘

窗前明月枕边书　032
明窗开笔且嫌迟　034
黄昏的书屋　037
忆书也记半生梦　040
案头山水日日新　046
眼见灯火次第明　049
叛逃　052
南方之南话美食　056
身体上盛开的花朵　061

第三辑　在路上

生来　我就是孤独的旅人　068

八千里路到边陲　073

茶卡断想　078

玉树印象　082

河流的故乡　085

可可西里的黄昏　091

比风更硬　比风更满地　094

春来听陇声　100

在延安　112

这个春天　在西安　117

第四辑　在他乡

风情与悲情同在　126

废墟的遗憾　132

"花窗"下的遐想　136

黄金和权柄　139

卢塞恩的黄昏　143

江南听春　148

清晨　穆家沟的味道　150

孔门家训　155

路遥故居念路遥　159

街头忽见马一匹　164

第五辑　在呓语

当风脱下高跟鞋　168
黄昏未至　171
谁的笔儿像铃铛　173
没有人能说出您的孤独　176
秋风穿过老戏台　179
谷雨说雨　184
一封写给讲台的信　188
老"古今"新故事　192
唐朝的微笑　197

后记：面对灯光　我微笑不止　200

03

第一辑　在云端

一路断想　惟有时光

三九的天，居然不冷，明亮的阳光温润如春，让人觉得冬天似乎忘记了本分和职责。

腊月一路疾驰而来，年在不远处咿咿呀呀召唤。放假了，日子就模糊一片，时间空间于我没有明晰的分界线，很简单。

一年的光阴卷轴般慢慢铺开，中间点缀着无数的平淡、惊喜。说平淡，是因为它和其他年份一样，柴米油盐，平庸踏实；说惊喜，是因为这一年曾有过许多的小插曲，总之，它有其他年份没有的特殊气味，会带给人更多的神秘和期待。

最好的时光，是对美丽的过往筛选，是对某个阶段的总结。所有的时光都要被浪费，只有从记忆里拎出那些温馨的画面，拍拍沉积的灰尘，放大温暖温情的细节，才知道它是最好的。

最好的时光？我能忆及的有哪些？

春日的傍晚，奶奶和外婆都在家，两个小脚女人边说着知心话，边把白天洗好晾干的缠脚布，一层层重新绑在脚上。母亲端来了两碗挂面，摆在吃饭的炕桌上。挂面是细白的,葱花是小巧的,香菜是碧绿的,汤里还荡漾着几滴香油,还卧着个圆圆的鸡蛋。两个老人互相谦让着,欣慰地笑容挂在脸上。我们一群孩子坐在地上,一人一碗洋芋面,不吵也不闹,连最小的弟弟也不嚷嚷,幼小的心里,知道好东西给老人吃是理所当然。母亲笑眯眯走过来,夸我们懂事,每人发了两颗水果糖。那水果放进嘴里,香甜无比。夕阳,微风,暮色,老人,母亲,孩子,糖果,快乐溢满了心房。

最好的时光里,还有青春的影子。大学时,同宿舍的八个女孩去看琼瑶的《金盏花》。丁香淡紫,迎春鹅黄,我们摇曳着白裙,手拿豆沙冰棍边走边吃,还不忘选出最温暖的情话。最终一致认定,沈从文写给张兆和的那句:我行过许多地方的桥,看过许多次数的云,喝过许多种类的酒,却只爱过一个最好年龄的人。那些浪漫的爱情故事,那些热辣辣的情书,曾陪伴着少女春心萌动的时光。如今岁月已去,但我们依然为青春的憧憬欣喜不已。

最好的时光,是雪天躺在被窝里读书,看落在玻璃窗上的雪花,融化成一个个小水珠,连成一串串溜下来,如风铃般叮当有声。"诗人是如此敏感的人,一阵风吹来,别人觉得冷,他觉得痛",认真琢磨写这句话时的情境,词语间暗藏的心思,仿佛与素不相识的写字人神交已久,不由得会心一笑,这是"新雪对新酒,忆同倾一杯"的知心,也是身不能至心向往之的默契。

最好的时光,也是个寻寻觅觅的过程。当我徜徉在文字的天地中,自得其乐,安然恬静,像布罗茨基的那匹黑马,来人世间就是为了寻找自己的骑手。

最好的时光,是渐渐明白每个人的所见所闻不同,所思所感就有差异,但是在差异之中必存共识,不高高在上,不道貌岸然,不试图以言语道断。学会认同而不存成见、定见、边见、偏见,才是真正的成熟。

最好的时光，是你我眼中的山河岁月，心底的情境意蕴。秋风飒飒，和朋友去水沟林场。寂静的山坡上，松涛阵阵；山谷里，暖阳融融一丝风也没有。一条幽深的小路，绵延伸向远方，走过去，松软的地上居然落满了松塔。我趴在地上，拂去落叶，捡拾松鼠们吃剩的松子，居然看见一只小松鼠从树上窜下来，抱起一个松塔，趾高气昂地从我身旁经过，走到另一棵树边，俯下身子飞快地爬了上去。我揉揉眼，确信自己没看错。

最好的时光，应该是脚下有路心中有爱，是在不同的地方遇见的不同的人事物景，是在交错的瞬间去改变、点化，去充盈自己的人生。这是给自己单独面对世界的机会，是让我们向内心深处靠拢，清晰地比较这一城那一地的异同。在陌生的城市，会面对白色单人床、花洒喷头、站台阶梯、路标车流、可乐味道、出租车辆、专卖商店，恍然如梦；也会站在异乡的街头，看见匆匆走过的路人、褴褛的乞丐、流浪的狗、讨巧的小贩、不苟言笑的老人；还会看见秋天的落叶、高耸的山峰、湛蓝的湖水；行万里路的经历与累积、见识与格局，终会体现在成长的心态。

最好的时光是在珍惜中感恩。萤火提醒着夏夜，明月提醒着秋空；冬天最后一片叶子，提醒人生仅能拥有一次生命，惟有珍惜亲情爱情，感恩父母爱人，珍惜健康身体，感恩拥有的一切，才是生命真谛。

最好的时光，是当你愿意伸出援手；最好的时光，是当你懂得欣赏对手；最好的时光，是当你不搏名逐利；最好的时光，是当你相信努力终会看到前路。真正的美丽，是在艰困中跋涉，还能心存温暖；是当我看见父母的皱纹白发的心疼，看见学生明亮清澈双眼的责任；是我填写履历年龄栏时的坦然自如，是我穿越山谷河流后的安然。

最好的时光，是每一次，每一次我都如此感谢漫长岁月的眷顾。它给我一些，又不给我一些，甚至还拿走一些，让我在人生路上不至于轻飘飘；让我去尊重和我一样平凡的生命，让我为那些比我更努力的身影送上敬意！。

我庆幸自己能在一段段最好的时光里前行，一边分享生命的快乐趣味，一边体味生命的珍贵意义。

一路断想，惟有时光！

安然

安然是一种慢下来的心态。

寒假，生活节奏一下子慢了下来，一个人在家里睡觉看书写字，或者什么也不干，就坐在静谧的屋里发呆。天气真好啊！隔着玻璃窗，都能看见暖风用那双无形的大手，拨弄原野里的野草，摇晃依旧墨绿的枝丫。暖阳掠过，落在冰凉的地上，温暖了一团光影。突然就想起一个老友说：慢慢走吧，你要听听风的声音。

一些场景就在眼前闪现。冬晨，土炕上，奶奶把线头放在嘴里抿湿，对着窗户穿针引线，然后一针一线，缝补袜子；弟弟睡在一边，红扑扑的脸，像个红苹果；母亲和姨妈们在地下忙碌，准备油炸的面食。她们围着雪白的围裙，脸上满是笑，边说着悄悄话边把大块面团切成细条。那些面条，在她们灵巧的手里就变成各种形状，摆满了炕桌。红的鱼儿在摆尾，绿的小鸟在展翅，黄的花儿在逗趣，白的馍馍在拉手……父亲蹲在地上写对联，红纸被裁成细条叠放在地上，写满了"福"字的斗方晾在桌子上。三哥嘴里叼着苹果，手里压着对联。墨汁味、清油味、烟草味、白酒味、苹果味、白面味杂在一起，烟火气浓烈无比。

父母年纪虽大了，但身体还算健康；兄弟姐妹们风风火火讨生活，各有事业。大年初一，在嫂子家，男人们醉醺醺地打牌，比酒量；女人们也喝起了酒，一杯接一杯。孩子们都回来了，像一群快乐的鸟，叽叽喳喳一刻也不停，磕头要压岁钱，拉拉扯扯，围成一团。七十多岁的老嫂子，连骰子大小也分不清，偏偏要和年轻人们比个高低。我输了牌，到处找人代酒。一家人笑声震天！

一个六十岁的老朋友准备学肚皮舞，家人朋友都极力反对，都说省省吧，老了老了和妖精一样，我也有点怀疑。两年过去了，每次见她跟了节拍抖动着一身赘肉的样子，就羡慕地不得了。前天，她穿着艳丽的衣裙，在绚烂无比的舞台上，脚腕一颤，满身铃铛作响，人们都不禁感叹：真美啊！她说虽然老了，只要调整好心态，开启新的生活模式，寻求新的体验，就会得到安然。

安然是一种阔达，一种境界，一种格局。我的几个老同事，古道热肠，参加了一个公益组织，每周定期帮助孤寡老人，接送早放学的小学生，兴奋恬然，活得很滋润。他们说因为关心别人、帮助别人，就能得到了愉悦和满足。而那些只为自己活着的人，只能变成自私冷漠的奴隶，毫无安然而言。

安然属于心有所属的人。美国汉学家比尔·波特为了写《空谷幽兰》，来到了终南山，找到了一群与世无争的人，以一个对中国文化至爱的外国人的角度，用独有的敏锐视角，干净含蓄的文字，娓娓道出了其中的美妙：无论是是山川草木生灵动物，还是善良执着的终南山隐士，在"寻隐之旅"中，都追求远离喧嚣的安然。在他看来，"他们都很清贫，但是他们的微笑，使我们觉得自己遇见了中国最幸福最有智慧的人。"

安然属于正确估价自己的人。梦想要建立在现实的基础上。不好高骛远，不眼高手低，知道自己能做什么会干什么；根据特长和能力规划，只要自己今天比昨天好，明天比今天更好就足够了。经历了艰苦的探索旅程，时时保持谦卑之心，默默做好自己想做的事，没有比这更安然的了吧。

在岁月的缝隙里苟且偷生

　　一个朋友突然发来短信，可不可以，给十年后的自己写封信？如果是你写，会写些什么？

　　十年后？我不置可否，其实是不想，也有点恐慌。十年的光阴，足使容颜不再，腰身塌陷。因为现在的我揽镜自照时，也觉得皱纹既不是路过也不是旅游，它们是来定居的，就有一种恐慌。

　　天空广阔寂静，土地豁然博大，我想和它们一样丰盛端庄，郑重自恃，永不老去，可我知道，那是痴想。白天疲倦时，夜晚郁闷时，就想起塞缪尔·厄尔曼说过的，岁月悠悠，衰微只及肌肤；热忱抛却，颓废必致灵魂。

　　紫藤开满校园，繁花一串春，香气逼人，和学生一起欣赏戏剧《牡丹亭》：梦回莺转，乱煞年光遍，人一立小庭深院。注尽沉烟，抛残绣线，恁今春关情似去年？自己也如剧中人，抛了流年，老了枇杷。

　　路边的旧书摊上，老板带着硕大的墨镜，淡然地瞅着远处，好像一堆旧书和他无关，我翻检了半天，一本带着尘灰味的《平凡的世界》，跃入眼帘。翻开首页，上面写着"你曾打开窗户，让我向外面世界张望；你曾用生硬的手掌，拍掉我满身的沧桑。从此我把你的样子，烙在我的身上。可你转身离去，再也不见，我的心上，那些岁月的印记，也慢慢失去了光泽。"钢笔字有些模糊，黑蓝墨水的印迹有些黯淡，但能看得出遒劲有力的大气，似乎是赌气写的，有一段不寻常的故事。那么，它是从谁家的书柜里流浪到此？留下了谁的青春与沧桑？

往事如同尘埃，在不经意中触碰，散去了它的踪影，到底是因为太多的舍弃，我们创造了太多的借口，还是太多的欲望，离散了彼此的珍惜。总觉得这茫茫世界，一个茶杯、一件衣服、一本书或一段时光里，都住着一个魂灵，等着你来领它们回家，如果你正好路过，会怦然心动，不舍得错过，说一声：好，跟我回家。然后，在时光的缝隙里彼此偷生。

小城一个叫做林顿的酒吧，安静异常。原木的桌椅散乱随意，有股森林的味道；铁观音在透明茶壶里翻腾舒展；午后的阳光透过窗户缝隙，分裂成一条条织锦，照在不再年轻的几张脸上。硕大的空间，三个女人在隐秘的角落里叽叽喳喳，说着只有彼此才能听懂的故事，汇报着日子里的最新动向。我欣喜她们的那些小相逢，那些小确幸，为一段感情的结局遗憾，替冗长无聊的日子惋惜。从柴米油盐的琐碎中逃离，我是如此珍惜现有的相逢，当她们说起自己的生活，依旧是为名利奔波的重负，依旧是无法泅渡过的琐碎，就感慨万千：幸亏你在学校，幸亏只知道教书，幸亏还会写点东西，幸亏不让那些东西玷污了你。我明晓这些潜台词的意思。

卡夫卡说："我们没有必要飞到太阳中心去，然而我们要在地球上爬着找到一块清洁的地方，有时阳光会照耀那块地方，我们便可得一丝温暖"，所幸我在书里找到了这样的温暖。感谢它带给我内心的平静，未来的憧憬，它是生活中最有底气的东西，茂盛而燎原。

我们那么怀念以前的日子。田园是什么？乡村是什么？它们是一块田一颗麦穗一个向日葵花盘，是一个遥不可及的梦。麦浪滚滚的日子，提着镰刀收割的喜悦；向日葵像一个个小太阳，立在秋天的土地上沉甸甸；平展展的地里，土豆翻出一片花浪。细风吹过，远处的绿山，近处的村庄，像一幅油画，摇曳着，走进我们的怀想。

　　我们说起当年过"六一"时的时光，说到白衬衣蓝裤子红领巾的喜悦，说到大人给几毛钱的慷慨，说到突然成了富翁的自得，说到奢侈挥霍的感觉。那些用棉罩捂着的五颜六色的冰棍，酸甜可口；那用颜色染了的糖豆豆，放个糖精的甜胚子，那些用纸扎的艳丽的大红花；那被染红的脸蛋，被糖果浸泡的日子……

　　人生如沙漏，一直漏，一直漏。无论如何，我们都是热爱文字的女人，终究要拿起笔，描画着自己的情感与生活。希冀老了的时候，看着自己的文字说，我也曾有过这样的日子，有过这样的美丽人生。

　　走出咖啡厅，路边的环卫工捡拾纸片，如一个美丽的词语；一辆洒水车迎面驶过，清水洗涤了树木马路，像一段精美的文字；一群老人晒太阳抹纸牌，一对小恋人在街上闹别扭，几个学生追逐嬉戏，一个同事微笑着打招呼；朋友递过来一个冰激凌，姐妹般的默契。这些细节，才是让人最感动的片段。

　　下午，去博物馆看书展，意外地找到了章诒和的《刘氏女》，这个深谙人生艰辛的女人，文字简洁干净，情感爱憎分明。她说：这个世界并不值得留恋。那是广袤的天地间愤懑的呼喊，是经历了世间的大风暴后的感言。还是有很多人站在高处，不甘平庸，以赤子情怀，坦诚坦然的面对生活。

　　时光总是萧瑟的，悄然包抄了生命，被围困的人，无可逃遁。岁月给人最大的财富是接受和宽容。而我们的日子，除了柴米油盐，还有敬畏,还有精神,还有灵魂,还有梦想。

傍晚,换上平底鞋在小区里散步,忽然醒悟,如果给十年后的自己写封信,我就写:亲爱的自己,请在平凡的世界里,珍惜当下的点点滴滴吧。

今夜东风独自凉

一

凉风如同手指，穿过我的头发，长发轻扬。

这样的季节，总带着无可名状的悲伤，为落尽的繁华，为失去的绿裳。这样的夜晚，在幽静的黑暗中，无意雕琢着自己孤寂的形象，形影清瘦，心意沉沉。

窗外，寥落流星坠落，拖一路清凉，花颜独自绽放，魂魄追随行踪而去。

二

不是花朵，跳舞的不是我。卑微如草，无论是茂盛还是枯萎，也会在风中坚守自己的信念。

黑夜穿越整个大地，避开烦嚣，保持了一份独有的尊严。沉沉的夜之舟，载不动的孤寂，要穷我一身的精力吗？是的！短暂的休整，却是长久地前行。

今夜东风，将所有忧郁积蓄。那些小小的黄花，在记忆的枕边滑下，任由我在梦中呼唤，也不能唤回温暖和欢畅。

三

"春已半，触目此情无限。十二栏杆闲倚遍，愁来天不管。"朱淑真的《春已半》在耳边私语，或许我只能在轻盈之外生存。沿着行走的方向，远远地站立着一个人，看人看风景，看人之热闹，看己之彷徨。

春天在此转身，目光越过远方，如凋谢了的繁花。清凉的夜晚，它们虽有别样的柔软，到底也无人怜、无人赏。

季节苍茫，带着坦荡与赤诚，继续上路。穿过孤独，寻找前世的灯火。

四

"好是风和日暖，输与莺莺燕燕。满院落花帘不卷，断肠芳草远"，那些曾经的情愫，那些远去的温存，一次次模糊了视线。

把风尘搁在路上，抬头仰望，真诚会让人感动，深情会带来慰藉。惟愿我灿烂的笑容，像伤口的良药；惟愿你会明白，我美丽的心灵，也需要温馨的浇灌。

如果追求完美，就请把珍惜挂上每一个青春的枝头。在你义无反顾奔向远方的时候，我会在树下合十祈祷：去吧，去吧，你我终会走出今夜的悲伤。

今夜东风独自凉！

雨纷纷　故里草木深

　　入冬，小城的雨却越来越丰沛了，给不暖和的日子更添了几分冷意。清晨爬起，伴着一屋的静看窗外。细雨落在屋顶，发出滴滴答答错落有致的声音，犹如一阕唐诗宋词，又如一篇绝美的小品。

　　去乡下讲课，隔着玻璃，泥路、水坑、葳蕤的青草、纵横的田埂，如一幕幕山水画。没有被钢筋水泥污染的一切，格外美好。

　　偌大的教室坐满了女人，大女人小女人。无论是戴白帽子的妇女，还是穿校服的女孩，都俊俏憨厚，朴实健美。一个个母亲红脸蛋粗腰身，羞涩地笑，来到了自己曾读书的地方，坐在自己曾写过作业的课桌前，那些心底最柔软的地方，也被雨点打湿了吧。

　　她们坐在这里，静静地聆听，认真地学习。我知道母亲们的心底，多么希望自己的女儿，不被生活的大雨淋湿，不被世俗的风声惊扰，不被黑暗与罪恶笼罩，不被灯红酒绿魅惑，能够健康快乐地成长。

　　母亲，永远是顶在孩子头上的一柄大伞。

　　早上出发时，盘旋公路的两边，土白色山峦，暗黄色原野，静默的村庄，皴裂的石块，墨绿的松柏，光秃秃的树干，交错的灌木，均被细雨打湿，仿佛涂抹了一层黑色。傍晚转回时，山头却已盖满积雪，连松柏枝条都穿上了薄薄的雪衣。天低了，道路看不见了，村庄消失了，森林成为黑影，只有车声是最响亮的。

到了沟底，大雾弥漫，隔着几步路，看不清任何东西。不知身在何处，更不知归往何处？我们集体沉默，把恐惧压在心底，战战兢兢在云山雾海间穿行。看着狂风中的一片小叶，疾驰而去，突然发觉还有许多放不下的人和事，还有许多未了的心愿，一切都来不及的话，该是多么的遗憾，该是多么的可惜？

浓雾中，红绿灯一闪一闪，汽笛声就在耳边，终于走出来了，心中一阵庆幸。

雨中的校园，格外静谧，晚自习和学生一起学《湘夫人》，秋意浓浓，落叶飘飘，神人恋爱，互致爱慕。男子站在岸边，深情地歌唱，"搴汀洲兮杜若，将以遗兮远者"，既有生死契阔、会合无缘的希望，也有候人不来、深长缠绵的怨望。这一首绝美的情诗，让我感慨万千，生活在别处。

很多时，真正想说的、想写的，都变不成纸上的春秋。一阵歌声传了过来：

雨纷纷故里草木深，我听闻你仍守着孤城……

六月碎语

把自己坐成静谧的风景

六月天,人间芳菲开遍。日子被肆无忌惮的明媚笼罩,琥珀般,闪着别样的光鲜,别样的色泽。

回到熟悉的乡村,犹如一粒种子回到土地,一滴雨水进入麦苗的根茎。渐黄的麦浪,踮起丰满的眷念,幻化出记忆的云帆,撩拨着丰满的往事。

柔软的风,拭去了奔波的疲尘;贪婪的私欲,远离了喧嚣的忧烦,让自己拥有真实的宁静,把自己坐成静谧风景。

白天不懂夜的黑

海子峡,是老天赐给黄土地的一颗珍珠,是贫瘠土地上的一湾湖水。

静静地夜里，多少缱绻的情怀，摩挲着流溢的感触；与月对饮，一半是醉人的芳菲，一半是疯长的憧憬。

　　穿透六月的热浪，蛙鸣声声，一首温馨的民谣，在游子的心底吟唱。声声蛙鸣，母亲的身影从少年的记忆中走出，此起彼伏，渐近渐远，从黄昏到深夜，温馨如画面。

　　泥土青草的味道，划破宁静，水一般，泻过我的家乡。宁静的乡村夜啊，是婉转动听的一首歌，是老家房屋上的炊烟，是灶膛里熊熊的火焰。

　　把村庄与村庄连成一片，把夜晚与夜晚连成一片，把我和我连成一片，把心与心连成一片。

　　只是，只是很多时候，我们在无数个贪婪的白天，却忘记了故乡宁静的夜晚……

天边新月如钩

　　苍穹深邃，弯月斜缀，繁星如灯，天空澄澈剔透。万物安静，携千年时光，从遥远的时空飘来。

　　我和自己喁喁低语，悄悄诉说。

　　执着是我通向美的阶梯，坚守是我不变的心路。面对无边的暗夜，只想埋头走路，用明亮的心灵，去丈量黑暗的路程。

　　渴望风雨中，有心灵交汇的音符，渴望每一朵花瓣，都和绿叶相伴。蓦然，远处有歌声飘来：

　　人隔千里无音讯，欲待遥问终无凭。请明月带传信，思念的人儿泪长流！

黑夜的眼睛

如果朝着风的方向靠拢，双眼就会蒙上更多的灰尘；如果保持洁净的心灵，就要拒绝贪欲的毁损；如果已迈上努力的征途，就要不惧怕前路的遥远……

尘沙掉进眼眶，泪水冲洗感伤，明亮的眸子不愿看见更多的伤害诋毁、困苦泥泞。读完高尔泰的《寻找家园》，长叹一声。历史的纷纷扰扰、是是非非早已消散，记忆剥开了真相的外衣，依稀的影子早已不见，但文字承载着的精神之光，却永远照亮着不屈的灵魂。

黑暗中，一双洞察的眼睛，正审视着历史的功过；一篇篇一章节的文字，如暗海中的灯塔，哀伤而不怨恨，疼痛却不颓废。那在苦难中挺立的钢筋铁骨，永传后人。

我的世界愿为你留住整个春天

春来了，花开了。

清晨，雨后的天是那么的明朗润泽，空气中也弥漫着甜丝丝的味道。开车路过那片大大的林地，几日不见，春光却早已降临。桃花饱满丰润，兀自怒放；松柏绿意融融，衬托的杏树娇美。

"桃红柳绿醉春风，别样景致相映红"，这个春天风调雨顺，秋天定会硕果累累。

朋友说：春天是用来热爱的呀。这么美好的季节，应该和亲人爱人相伴，和知己朋友远行，那么，请带上你的烈焰红唇，穿上你的艳丽花裙，然后大声说：我们一起，去看看春天吧。

带着亲人，去看看春天吧。在春意盎然的季节，踏一次青，放一回风筝，舒展蜷缩了好久的身体，释放幽囚了一冬的思绪。看看枝头的春意闹，吹吹拂面的杨柳风；让暖暖的阳光，扫除你心底的阴霾。让恬静的微笑，轻抚不安的灵魂！

带着爱人，去看春天吧。要仰视天宇的寥廓，聆听大地的心跳，让甜丝丝的泥土味，冲淡贪欲的迷蒙。

与亲人日日相守的温暖，胜过多少个虚伪的嬉闹追逐。与爱人相守的默契，就是幸福快乐的源泉。

听一声招唤，我就会像一片花瓣，落在亲人的手心。

岁月不居，年华不再，洗尽铅华，回归自然。世间万事，瞬息而已，惟一不变的，是善良的品质，美丽的心情，浪漫的情怀与诗意的心灵。

我的世界愿为你留住整个春天！

春安！春安！

偷来时日度新年

一

睁开眼时,屋里亮堂堂的。放假真好啊,过年更好。打扫完积攒已久的灰尘,准备好平常没时间做的饭菜,也见了平日里见不到的熟悉面孔,睡觉吃饭看电影,总之,像是一碗杂烩,色香味俱全的那种,丰富而有营养。

我静静躺着,回想着刚才的梦境,好像在老家的院子里,所有人也都在场,一起顺着摇摇晃晃的铁栏杆往上爬。大家都上去了,只有我一个人在半空中,越往上越害怕,只好大声哭,然后就醒了。

恍然中,四处看:默立的衣柜,无语的书架,长长短短的衣服,"家和万事兴"的牌匾,秋日私语的水粉画,粉色碎花的床单,粉色大花的床罩。哦,这是家,我的卧室。为什么会做这样的梦呢?我不知道。母亲说过,梦是反的,哭就是笑笑就是哭。此刻,我应该高高兴兴。

老公女儿去嫂子家拜年了，让我也过去，吃饭凑热闹。我懒得起床，就拿起手机翻，一路划过去，在众生皆欢的闹市中徜徉。过年了，大家都抱着手机刷屏，朋友圈里的年味似乎比现实中更浓。

家里除了水龙头滴哒的声音外，一片寂静，就连马路上一贯大呼小叫的汽笛，都隐没不见。节日的好处就是什么也可以不想，什么也不干，什么目标也可不去设定，什么打算都被抛掷脑后。如今有了微信，拜年非常方便，拟写一段祝福的文字发在朋友圈，统一回复，简捷极了。我就这么躺着看着，猪一样地快乐无比。今年是猪年，照家乡的习俗来看，饥猴饿狗，都是凶年，猪年就不一样了。金猪到来，凡事无忧，日日开心，健康顺心，但愿能继续下去。

暖气本来就足，加上阳光，这是有史以来最暖和的年。阳光明媚，春意荡漾，阳台上的植物，在静默中蓬勃生长。我爬起来，给花浇水，掺了啤酒的水，在盆里泛起层层泡沫，仿佛能听见根茎在泥土深处的生长声，这是多么美好快乐的事。

接着就站在窗口看车流看树木，看自己养的花草，甚至把沿街的树都望了一遍。北边的山坡，树影似乎有了婆娑的样子，草丛里也仿佛有昆虫活动。平日这时候，就该想中午该做什么饭了，做饭时我喜欢切一点红萝卜。红红的萝卜，翠绿的菠菜，金黄色的鸡蛋饼，大人孩子都喜欢吃，可今天是大年初一，人们吃着大餐，一顿接着一顿……

二

打开电脑，点开《世界上最疼我的那个人去了》。这是一个根据张洁的同名小说改编的电影。两个情节抓住了我：因为和爱人发生了争执，五十多岁的女儿烦躁地挂了电话，回过头，却见八十多岁的母亲孩子似的，畏畏缩缩站在楼梯的拐角，眼里是欲说还休的担忧。女儿开始洗锅煲汤，忙忙碌碌；母亲坐在餐桌前，望着已不再年轻的背影，没说一句话，但那种对女儿的心疼、帮不上忙的无奈与愧疚，均含在一个深深的凝视中。

要手术了，做完备皮的母亲，沮丧地摸着自己的光头。女儿在旁边安慰道，我妈80岁了，眉是眉眼是眼的，漂亮。母亲一下子笑了，羞涩得像个纯情少女。

突然就泪眼婆娑。

记起了母亲的年：锅里煮着的骨头，碗里盛满了米饭，筐篮里满当当的馍馍，风箱一出一进的声音；盘子里元宝样的饺子，火炉上冒热气的水壶，蒸笼里香甜可口的甜盘子。父亲的对联红彤彤，弟弟的灯笼红艳艳，漂亮的衣服，好看的裙子，猫儿在桌上偷偷舔糨子，黄狗在地上偏头啃骨头。母亲在灶房里忙活，父亲先给我们挨个洗完头，接着就用煮了萝卜的水给我们洗脚，据说这种水绵软，洗了脚不疼也不会皲裂。洗干净了的娃娃，小脸红扑扑，一边叽叽喳喳，一边等着穿新衣服。过年可真好啊，可以不干活，也可以调皮捣蛋。母亲说过年三天没大小，还说这几天大人不准骂人不准生气，当然娃娃们也不能大吵大嚷，家神被接回了家，吵嚷就是不恭。

这一天，屋里会摆满各种好吃的东西，男人们来家里拜年，先磕头作揖，再吃菜喝酒。女人们凑在一起，从厨房里端出各种饭菜，笑得前合后仰，肥硕的乳房在衣服下撑着，像深邃而博大的海域。

如今，他们都在干什么呢？

三

天气好，人就高兴。小区里的老人们，和往常一样，聚在一起晒暖暖说闲话，麻将纸牌，玩得不亦乐乎。现在条件好了，啥都有，天天都是年，真正的年反而觉得没意思。

听着楼下的说笑声，忽然就想去远方转转。一个人，一个站台，一个靠窗的座，一趟绿皮的火车咔嚓咔嚓。一年中总有那么几天，我不再是我，而是自己的背叛者，有辆车把我带到陌生的地方，就行了。我在陌生的路口，遇见陌生的人，打听方向，问旅馆的名字；在异乡的土地上，打电话报个平安然后关机。走在陌生的街道上，我会记住路过的地名和人们的笑脸，自由自在，兴尽而返。

假期，和同事去内蒙旅行，她把时速提到140，沙丘沙柳、牛羊农庄就一齐向后飞。路边的向日葵饱满丰盈，黄花一片，广阔无边，像梵高的画稿，被震撼的我们，在地边停了下来，默立了许久，双手合十，向土地及丰收的庄稼致以深深的敬意。

手边放着三毛的一本《流星雨》，薄薄的精装本，封面很美，淡紫底色，一片流星划过夜空，如烟花。年轻时曾狂热地读，欣喜地看，那个长头发大眼睛的女子，手握香烟靠在墙角的画面，被我一次次在梦中模仿。如今再一次翻开，却有些遗憾。要是和大胡子荷西有个孩子，会怎么样呢？至少不会那么早就逃离红尘吧？至少会安静地抚养孩子长大吧？当然，这只是假设，有些荒诞。人和人之间最大的不同，在于志向不同，追求不一样。

四

午后的日子，依然安静。他们打电话说在喝酒玩牌，问我去不去，我说想逛书店，那边就都笑。因为我居住的这座小城，书店真是太少了，即使有，也只买买教辅资料。我选择继续呆在家，偷得一段时日，容我胡思乱想。

在别人看来，我似乎有轻微的自闭症，总喜欢关了门关了窗，把家里打扫得干干净净，然后读书写东西，整天不说一句话。其实，我是喜欢听别人说，比如坐在书店黄昏的灯光下，慢慢打开其中的一本，听那些无拘无束的说，感天动地的说，风轻云淡的说，声泪俱下的说，心怀悲悯的说……一个个故事，一个个道理，把我吸引过去，在书面前，我是忠实的倾听者。

"觉得自己是什么样，我就会成为什么样"，是歌德说的。此生我是一个普普通通的教师，前生呢？自己还是个读书人吧？不闻窗外事的那种吧？可是，我要依赖什么来生活？会遇上什么样的亲人？有没有爱人和孩子？沿着这样的思路，思绪跑到十万八千里去了。

一阵电子鞭炮声传来，倏然一惊，这是新年的第一天。一年结束，一年开始，辞旧迎新，其实并没有多少不同。日子一天天过去，绝大多数都是重复，该干的工作还得继续，该发愁的事照样纷至沓来，该伤心的伤心，该哭泣的哭泣，才是生活常态。微笑与快乐，遂意与顺心，愉悦与幸福，不过是点缀其中的花朵而已。这个世界总是绿叶多，鲜花少；小草多，大树少；蜜蜂多，蝴蝶少；蝼蚁多，豪杰少；凡人多，成功者少；沙粒多，磐石少。事实上尘埃之地，遍布尘埃，凡间人世，皆为蝼蚁。高山自有高山的巍峨，小草也有小草的婀娜；大海从来包罗万象，水珠也活出自我的天地，角度不同而已。

我就是我，一模一样的烟火。

努力生活，执于梦想，阳光向上，健康平顺，这样的寄语送给自己，也是警惕。匆忙搭上命运之车，在凉薄的世间行走，我们赶着生，也匆匆奔向终点……

好吧，我给自己和所有人说，新年快乐！

你必须成为一个对自己的庆祝
——致我的 2014

天道酬勤

溯流而上,我听见了时光嗒嗒而过的脚步声。

既然不能征服岁月,我将随时献出诚恳感激之心,顺从心灵所赋予的冥冥呼应。

曾经总在快乐欢喜时,感到无端惶恐;在幸福大笑时,也觉无助凄惶;对生命的态度,既坦然又不安。而办公室旁有棵柏树,岁寒仍不知凋零,从来都笑傲朔风,我看着她,不由肃然起敬。

一个转身,就把旧年归为往事,时间一秒秒流逝,突然之间,我满怀感恩。

人们均以不变的姿态走着属于自己的路:有时停步不前有时大步流星,有时踽踽而行有时结伴而走,有时心空如无有时满满当当,有时身在泥泞小道有时又是坦途一片。

对远在京城的女儿,十一月属于收获。

仿佛一匹飞奔的小马,她从茂密的森林深处突围;又似一只不懈的小鸟,从林间展翅高飞。那健康阳光的小鹿,蹦蹦跳跳说定要到远方去看看。好吧,放开脚步,跑吧!跑吧!我能给她的,除了生活必需品,更多是放手的宽松。

长达三个月的备考,一年不到十天的相聚,日子似乎回到了高三。夜夜孤灯,天天奋战,我在这边读书写作,她在那边背书做题,母女仿佛在和书本过日子。凌晨一两点,微信上会有个笑脸符号发过来,我说睡吧睡吧,她说老妈你先休息,但我们都知道对方还在作战。

冬夜寒意浓浓,时间迅疾飞过,我们在坚持中奔向希望,困难恐惧在慢慢减退,疑惑无知慢慢消散,当然也有焦虑的时候,想放弃的时候,但互相鼓励,成功的花朵需要汗水浇灌,只有坚持到最后,方能看见万紫千红。

始终相信天道酬勤,努力了不一定会得到,但热爱,完全可以成就人生。

司法考试、保研、出国,她一口气攀上三座高峰。我的新书顺利完成,也即将付印。花朵从一行行文字中绽放,欣喜从一沓沓书中溢出,坚持的意义,最终化成几个字:果然,天道酬勤。

行吟诗人

掌声中呐喊里,一个黑影突然转身,帽上的五角红星熠熠生光,熟悉的旋律响起来,熟悉的歌声传过来,"我要从南走到北,我还要从白走到黑,我要人们都看到我,却不知我是谁……"。

响彻云霄的电声吉他、尖锐亢奋的贝斯、疯狂的爵士鼓、叫嚣的琴弦，搅起了一片狂热。夜晚已不再是安静的小溪，如湍急的瀑布拍打在坚硬的岩石上。

已知天命的男人跳起来唱起来，像是要甩掉岁月的沉重不堪，又像一只振翅高飞的鹰隼。尖叫声越来越多，分贝越来越高，很多人涌到台前呐喊。狂野不羁，孤独叛逆，摇滚拉近了岁月距离。这个夜晚，属于摇滚，属于崔健。

而这些喜欢崔健的人，都是在回首曾经盛满醉意的青春，回眸自己碎了一地的日子吧？那是一些多么难忘的时光啊：坦荡慷慨的承诺，胸怀天下的抱负，望断天涯的思念，不甘世俗的追求；格言的温度，爱情的力量，改变的寻求，肩上的重任，微笑的温度，肝胆相照的时刻，我们的青春一样无悔。

时代像一列光速火车，我们已被远远抛弃，从不能接受奋起抗争到麻木不仁、不置可否，每个人的背影，都背负着忧伤难过；每一天的忙碌，都有无能为力的失望。

几十年后，当年那些年轻的身影如驿站里的老马，疲惫地前行，任世俗敲打，任日子践踏，任重负浸泡，任誓言飘散，任真情逝去，除了风中的惆怅，还有什么能沉淀心底？

只有崔健和他的音乐始终并行，还原当年的激情，给予我们一些安慰。他和他的摇滚不断在提醒，我们的时代，渐渐远去……

歌声是赠给中年的最好礼物。

育人不倦

又是一个果实累累季节，又送出去了一届学生。

三年朝夕相伴，为了一个共同的目标而努力，分别时却没有过多煽情的表达。此刻，沉默胜过万语千言。

高考很艰辛，人人很努力。

紫藤花一串串在怒放，丁香的香味弥漫了校园，青春逼人的他们，在这里学会了执着努力奋进向上，学会了珍惜时光感恩生活，走过人生最关键的几步。

还记得一起学苏轼《记承天寺夜游》时的情景，为了"庭下如积水空明，水中藻荇交横，盖竹柏影也"一句的理解，师生悄然下楼，在花园边观察树影散乱、随风摇曳的状态，然后蹑履登楼，蛇行进室，相视大笑的样子。

还记他们在课桌上贴上座右铭时的郑重，"梦想绝不是梦，两者之间的差别，通常都有一段非常值得深思的距离"；"每个人都是广袤天地的一部分，若你有温暖，记得传递给别人"。那些话如前行路上的明灯，照亮了一个个灰暗的时刻。

还记得无数次的促膝之谈，谆谆告诫；还记得苦口婆心，甚至大发雷霆；还记得我说"心中有爱，眼里自然有花"，说"每一个不曾起舞的日子，都是对生命的辜负"的情景。我相信他们懂，他们果然就懂。

也曾慨叹过命运的不公，抱怨职业的辛苦，怅惘世事的荒诞，愤慨世俗的偏见，但我还是热爱这份职业，热爱这些人。

感恩祝愿

这一年，顺境，逆境，白天，昼夜，相聚，离别，回眸千千，把一些种子播撒出去，得到了饱满的回馈。

感恩我的爱人亲人，他们的笑声依然是我努力前行的动力。

感恩生命中出现的每一个人，那些甜蜜和欣慰、热爱和期盼、关怀和疼惜，不言和慰藉，让我懂得不管历经多少，都是赏赐，都是果实，我心甘情愿领受并满怀敬意。

感恩命运赐予的一切机会。

尽管时光也给予了我忙碌无奈、忧伤灰暗、焦虑伤害，但我依然内心坦然，执着努力。

我愿意以真诚善良之心，继续做一颗石子，铺在父母孩子脚下，陪伴爱人朋友之旁；依然坚持所爱所乐，不在人群里喧嚣，不在掌声中轻飘。

愿大地风调雨顺，人人快乐自足！

祝福你们，万世安好！

希冀我们，新年继续！

在辞旧迎新时，我把印度哲学家奥修的一首诗作为礼物，送给了自己：

你并不是一生下来就是一棵树，
你一生下来只是一颗种子；
你必须成长到你会开花的点，
那个开花才是你的满足和达成
……
你必须成为一个对自己的庆祝。

第二辑　在红尘

窗前明月枕边书

从小，就喜欢读书，而且是夜读书。

静谧的夜里，朗朗月光下，微风吹拂中，纱窗前书桌旁，手捧一卷，默默地读细细地品，在我，才是最惬意的时刻。

杨绛先生说，"读书如串门"，如聊天交友，总归是赏心乐事。齐白石先生曾经手治一闲章"窗前明月枕边书"，以此作为自己的生活写照。

每每夜幕降临，我总要拿起一本书，靠着床头，或躺或卧，将一天的忙碌疲劳关在了门外，忘了所有的烦恼喧嚣，以纯净的心境进入书的世界。

独坐书房，如清风拂面，芳香袭怀，手持一书，吟哦于四壁之中，神游于四海之外，一本又一本奠基石般厚重的书，如睿智博学的老师，无言地向我展示着一波又一波生命的曲浪。我如一枚小小的书签，惶惶然，自书中领略生命的卑微与尊贵。

走进书中的方寸天地，会感到生命如沙漏，一滴滴渗漏，溶进岁月，溶入泥土；生长欢娱，亦生长痛楚。我知道自己是颗卑微的小草，不能做惊天动地的大事，只能静下来，把生活这本大书慢慢看，老老实实地看，并把愉悦的刹那、感动的心情，一字一句记录下来，无论工笔描画，还是写意铺陈，都是一种愉悦。

书读得多了，就有了感悟；有了感悟，就有写出来的冲动。于是，提笔为文成为生命里的另一个起点；一字一字的写，一点一点的描，我力图经营着一方净土、一片圣地，与心同此情的人交流探讨。

常把这方小小的天地，作成一面生活的镜子，用以关照灵魂的容颜，时时去检视自己心底是否冒出杂草，生长荆棘；是否有"天光云影共徘徊"的绚丽，有"惟有源头活水来"的欣然；是否有"东风花柳逐时新"的新意，有"书卷多情似故人"般的温馨。

无数次，我在读书中进入梦乡。夜半，从梦中惊醒，发现月华如银，摸摸心爱的书，嗅嗅淡淡的墨香，看看窗外婆娑的影子，就觉得日子如此充实，如此惬意。

今夜，望着窗外的明月，不仅悟得了苏东坡"抱明月而长终"的感慨，而且也懂得了林清玄"温一壶月光下酒"的缘由，因为"寻常一样窗前月，才有书香便不同"！

惟愿心中有明灯，笔底生烟霞，春草柳絮梦，秋来倚晴空。

明窗开笔且嫌迟

新年第一天,本应纪念一下,可我有点哭笑不得。三天假期匆匆已过,除了胡吃海喝、疲于奔劳,似乎什么也没有干,就连好好休息一下的想法也没实践,更不用说看书写字了。忙着吃饭聚会,忙着逛街闲聊,假日比上班还忙,才说过的不拖延不抱怨,努力向前莫问前程,现在却背离了初心而且借口多多,惭愧。

今晚朋友聚会,又说起画画之事,这话题已说了一年多。白发红颜的老师说有点文学功底,再加上悟性,应该容易入门,何况艺术是相通相近的,学画不但和写作不会相悖,还可互相补充。又戏谑说看起来也像个画家呀。我只是笑,因为不好意思,计划不被实施只能是纸上谈兵,誓言不去实践不过是虚幻一梦,常立志等于没有志。

为了给自己一个开始的契机,也为了强加于自己一定的信心,我们相约周末动笔(也不知能不能实现)。

还未动手,倒先想起一个成语"明窗开笔"来。

学书法的人都知道,开笔是指新毛笔使用前先要用水充分湿润,使胶质完全溶解,使毛笔充分柔软,这样蘸墨时才能饱满,勾描点画起来才顺手，否则笔锋容易结块，不但清洗时不易，还容易磨损。古人对初次提笔非常重视，还形成了一套严格的礼仪，俗称"开笔礼"，又称"破蒙"。

新年这天，学童们要在启蒙老师带领下，祭拜圣人，聆听师训，经过额头上点朱砂、点亮书桌上的灯烛等环节，方可入学读书，提笔写字。民间"元旦开笔"习俗，流传至皇家，仪式就更庄重繁复了。据说每年元旦子刻，皇帝都要开笔，批办公文书写诗文，后遂演变成一种重大的典礼。

"明窗开笔"始自清世宗，属于清定制。大年初一凌晨，文武百官齐聚养心殿，由帝王亲自点燃玉烛长调台（蜡烛），拈起万年青（管笔），饱蘸朱墨，在洒金红笺纸当中，先用朱色再用墨笔书写"天下太平、三阳开泰、福寿长春"等吉祥语，祈望政权稳固、国家安定、风调雨顺，然后端起金瓯永固杯，饮下"屠苏酒"（古代春节时饮用的酒，又名岁酒，据说为华佗创制），又将钦天监新进的宪书浏览一遍，仪式才算结束。

"明窗开笔唤俊英，金瓯永固民同饮。举国寒士俱欢颜，洗管屠苏万年青"，说的就是开笔的意义。如今，遍布各地的国学班、国学宣传常常借穿汉服、点朱砂、写毛笔字来强调传统文化回归，也是旧瓶装新水，旧模式新版本，虽有人质疑这是刻意模拟仿古无用，但我以为以仪式感极强的方式，来强调启蒙教育，带有祈盼祝福的性质，也无可厚非。

提起开笔轶事，不得不说说张大千先生。

八十三岁时，有人提出需要一幅三十六尺长、六尺高的《庐山图》，谁都没想到他会慨然应诺。人们不敢相信是因为他不但从未去过庐山，而且当时年迈眼花疾病缠身。但是为了画出"心中的庐山"，他特地请朋友沈苇窗搜集了很多关于庐山的文字、照片和资料，翻阅了一些古籍和相关书籍，并详细地做了笔记。一连数月，老人神游于庐山峰峦之间，遨游在云雨胜景之地，心中渐渐幻化出了一幅独特又豪迈的图画：耸立的高峰，汹涌的云海，时聚时散的佛灯，飞流直下的瀑布……他要以八十多年游历的心得经验，以惊人的联想想象，以终生的经验学识，以娴熟的笔墨技巧，抒写屹立于心间的庐山，表达对祖国的思念！

　　1981年7月7日，良辰吉日，老人装束一新，特邀张学良、张群、王新衡等人参加开笔礼。画室里挤满了家人学生、故友旧朋，画案上的绢织画料已用清水敷润过，人们屏住呼吸，等待开笔的一瞬间。可老人并没提笔，而是端起盛满墨汁的水盘，缓缓向画料泼去，当墨汁在绢料上慢慢浸润、徐徐漫延，他才提笔用淡墨破出层次，勾定框廓，尔后蘸水濡墨，铺衬气韵。这张画工程浩大，整整画了一年半，数次心脏病发作送往医院，只要稍康复，他就让助手抬自己上画案，最终在伏案题书时溘然逝世，"呕心沥血"的巨作，遂成绝笔。

　　而六万多幅画作，上千首诗词，还有无数油画、书法、篆刻、收藏、摄影作品，则无言地承载着一个才华横溢、孜孜不倦画家的毕生功绩。帝王将相在人心中的地位，远远逊于艺术家身体力行的启示。

　　无论是儿童提笔，还是帝王起笔；无论是皇家习俗还是大师轶事，其实都在强调仪式的重要性。至今，故宫博物院养心殿东暖阁中，一块清乾隆亲笔御书的"明窗"的匾额还挂在墙上；金瓯永固杯、玉烛长调台与万年青管笔，则静静躺在故宫博物院展柜中，诉说着多年前的开笔习俗……

　　蘸墨动手只说晚，明窗开笔且嫌迟，书画同源，文书同根，勤奋执着是根本。当雪片落于大地，当寒风掠过耳边，一个老人的身影愈发明晰。他说：学艺者先要做人，书画者先要养心。画画并不难。有兴趣、找正路、肯用功，自然而然就会成功。

　　我不希冀什么成功不成功，只希望能提笔，会提笔，勤提笔，将漫长的日子打发过去；希冀将画笔慢慢提起轻轻落下，在白纸上留下一丛幽兰、一颗白菜……

2018年1月2日星期二

黄昏的书屋

  热闹的南京街头，无论是白天与夜晚，噪音与熙攘都如影随形。天渐黄昏，人渐疲倦，小雨沥沥，经爱书的朋友推荐，我拖着磨破的脚，一瘸一拐地走了很多路，终于来到了这个书屋。

  沿着一个倾斜坡道慢慢走下去，来到了地下室。一个神奇的地方，在眼前缓缓展开，和外面的世界迥然相异。它是阔大的、深邃的、安静的、隔离的、温暖的，会让你和身边的喧闹迅速分离，让你的脚步轻了又轻，让你的声音低至无语。

  大大的十字架，水一样流淌的音乐，满架的书籍，如一个个敞开的心扉，期待一个个灵魂，与自己相约前世今生，瞬间与永恒。

  渺小与伟大，存在与虚无，似乎是一种召唤与启发。大幅的黑白人物照片，规律地镶嵌在天花板上，需要人仰视，才能一睹他们的容颜。

  墙壁上悬挂着的大幅装饰画，都是世界各书店的缩影。每两幅中间，刻着一些诗句。远途跋涉的路上，突然邂逅了这么一场诗风文雨，我紧攥着那些落入手心的晶莹，让它们在我目光摩挲下，成为熠熠闪亮的宝石。

"书店是读书人安放心灵的地方",的确是。书屋里,书架上,那么多陌生而熟悉的名字不断闪现,那么多的思想的精华汇聚于此,古今中外的文人与他们写给大地苍穹的文字,熠熠生辉。每个作者都把自己丰富敏感、百味丛生的体验,把鲜活的、千疮百孔的痛点展示给你,带你去领略世间的变迁,情感的波动。

黄昏里的书屋,用包容与坚守,把飘零与感知,寻觅与顿悟统一为浓淡的诗意。恍惚中我以为,自己一定来过这里的,只是记不起那时的模样。"我既不是千万富翁、百万富翁,也不是文化商人,更不是文化诗人,我不过是一个佩戴着桂冠的文化乞丐,一个行走在大地上的异乡者,在通往精神的诗与思的途中,书山为径,书生意气,至死不渝。"书店老板钱小华在《先锋书店:大地上的异乡者》序言中,给自己画了一幅像。谈起为商为文读书情结,他说到,"我有一个梦想,开一家书店,书店有玫瑰色的祭坛,有十个房间,这些房间是给远道而来漂泊着的诗人的。这些人漂泊无乡,没有家园,都是诗的浪子。我要让他们下榻在先锋这个书香之国里。"

尽头处,一面镜子横在眼前,镜子的正前方,有一个《思考者》的雕像。那熟悉的身影,独坐在此,思考着人类所面临的共同问题,昭示着先锋的意义。

走过推荐书区,坐在沙发上,环顾四周:阅读大道令人过目难忘,独立创意馆里琳琅满目,咖啡馆的优雅舒适……博尔赫斯说:"如果有天堂,天堂应该是图书馆的模样。"这和高尔基心中的天堂异曲同工,他曾说,假如每个礼拜能让他看六天书,他愿意付出礼拜天被毒打一顿的代价。

马克斯·韦伯、福柯、约翰·伯格、汉娜·阿伦特、萨特、加缪、苏珊·桑塔格、罗素、乔治·奥威尔、列维·斯特劳斯、阿赫马托娃、帕斯捷尔纳克、索尔仁尼琴、王小波、刘小枫……他们的黑白照，组成一面照片墙。这些对社会进言并积极参与公共事务的人，堪为公众的声音和良心，他们是批判精神和道义担当的理想者，是值得永远怀想和纪念的人。

黄昏的书屋里，沉静、安详、豁达、知性。目光顺着一排排书籍滑向深远处，偌大的空间悄无声息，书的味道感染了每一位来这里的人。他们将读书作为一种信仰，将与自己内心对话作为一种诉求的方式。温暖的灯光下，扑面而来的是一些名字：威廉·福克纳、弗吉尼亚·伍尔夫、简·奥斯汀、蒋勋、朱天心；张大春的作品集、梵高塞尚的画传……

若有若无的音乐缭绕，似乎身处巴黎塞纳河岸，身后小圆桌上那谈笑风生的先生也许就是海明威，或者是费兹杰拉德；而角落里那一对沉静睿智、不时投以对方热烈眼神的男女，也许就是萨特与波伏瓦。

像寻觅故友的人，我再次起身，书架如沉默的宝藏库，等待着你去寻找。找到心仪已久的书，抱着它们，窃喜自己不再是孤独的异乡客，而是一个疲倦的归来者。

"万卷古今消永日，一窗昏晓送流年"，从故乡到异乡，又要从异乡到故乡，我不得不离开，但我希冀，能将灵魂留下，将温暖带走。

如果一定让行者驻足的话，就让我终老在此地吧，让一个天堂般的书店，收容黄昏的旅人；让所有大地上的异乡客，都在此处栖息！

而你，如果到了南京，请一定去这个最美的书店看看，请替我捎去问候与敬意，和心底暖暖的微笑。

忆书也记半生梦

读书于我，大多时候都没有目的，手边有什么读什么。躺在床上，坐沙发上，课间休息，开车间隙，都会看几眼。有时读了半天，也不知道读了哪些内容，但过程确为一种享受。

想想这半生，能够沉下心来，不厌其烦，把琳琅文笔，尽收眼底，其乐多多，且受用无边。

关于读书的最早记忆，多是爷爷的样子。那个留着山羊胡子精瘦寡言的老人，常常靠在炕角的一摞被褥边，手握黄卷的样子，像个雕像。有时他也写字，一笔一划，横平竖直，墨迹在宣纸上晕染开来，仿佛一幅幅线条明朗的剪纸。

父亲读书大多都在饭桌上。他是在外工作的人，回家很少，每回却带各种书籍，《三国演义》《水浒》《毛泽东选集》《艳阳天》《金光大道》，杂七杂八。还有俄语课本和前苏联小说，一律盖有单位公章。他坐在炕桌边，夹一口菜，低头看一眼书扒拉一口饭，我们悄悄四散开，没人敢打扰，屋里只有钟表的滴答声。

母亲的书则是可以乱看乱拉的。一本《红楼梦》，被夹了各种鞋样、窗花样、衣裤样，本来就厚的书就像个孕妇，难看得很。一本《康熙字典》被我们拽出来胡乱翻翻，就搁在一边。干活时，她会讲一段红楼或老戏里（秦腔）的故事，我们干活速度就直线上升。母亲很会吊胃口，常在关键时戛然而止，说，今儿就到这里，明天继续。我们当然意犹未尽，但也只能站起来，期待明天的未完待续。现在想来，这是吸引读者胃口的最佳体验，让人欲罢不能。她在煤油灯下给我们讲题，温和地说，仔细看看错在哪里了呢？然后就叹气，我这一辈子念书没有念够，你们要替我念完啊……大家都不说话，低了头拼命写作业。年轻没时间读书，六个孩子的大家庭，足够她操劳了，倒是现在见书就读。不但认认真真读，还常常会发表些读后感，有时还语出惊人，让大家惊叹不已。

我自己呢？最初读的书就是课本。发到手里的新书，尽管被牛皮纸包了一层，可不到几天就打成了卷，磨得烂糟糟。我家门口地墙底下有个水道，圆圆的一小洞，每天放学，我和妹妹钻出来钻进去玩。有一天，钻了半截被卡住了，怎么也爬不出去，我吓得大哭，被路过的三哥一把拽了出来，才意识到自己长大了。后来放学，我就坐在门口等母亲回家，隔着锁着的木门，给妹妹们读拼音讲算术，卖弄老师上课的内容。

认识了几个字，我便开始找书看。我家有两个红木箱子，经常锁着，可是里面的一摞摞书，都被我以各种手段偷出来读完了。其中很多字都不认识，就连猜带蒙囫囵吞枣地读。记得有本发黄杂志里有个儿童剧《马兰花》，"马兰花，马兰花，风吹雨打都不怕，勤劳的人儿在说话，请你现在就开花"，读到变成老猫的黑心狼，将小兰推入湖中并夺走了马兰花，我就哭，讲给妹妹们听时，大家哭作一团。其时我六七岁，正踩着凳子学做黄米饭，一滴滴眼泪掉到锅里，随着饭勺的搅动，一圈一圈，吃饭时总觉有股咸涩的味道。

会看书了，世界仿佛洞开了一个天地，常常会抱着书失踪，母亲至今还说只要我抱起书，任谁喊也听不见。有一次，我躲在门口的草垛里看书，结果睡了过去，害得大人们找了半夜，母亲都急哭了。找到后，被打了几笤帚疙瘩，不准吃饭也不准睡觉，罚站在墙角，委屈地直掉眼泪，但毛病照样不改，后来母亲也就不管我了。

小学时的我，成绩一直不错，是老师家长心目中的好孩子，自己也颇有自豪感。没想到初中时开始偏科，数学就成为噩梦，每次看着可怜巴巴的分数，我都觉得自信被一点点摧毁。那时也是最丑的时候，头发黄，个子小，一只牙翻着，满脸愁容，母亲帮我存到现在的准考证就是例子。但只要我读过的书，都能背下来，尤其是父亲的那本《唐宋诗词词典》，可以说是爱不释手。我所有关于古文的积累都是从那时得来，现在仍受益无穷。

高二时，一次父亲问职业规划，我想都没想就说图书管理员。他有些失望，但也没有多说。实际上那时我已严重偏科，数学课化学课上都在看小说或睡觉，但文科成绩特别好，尤其是语文。我是老大，每天回家都有做饭的任务，就常常拿了书边做边看。做好饭时，妈妈还没散工我就得去上自习，回来才能吃饭。整个读书阶段，我好像天天都是吃剩饭的，但也没因此耽误过一节课。

父亲是会计，家里就有很多红绿的明细账本。高中时，我就用一个一个绿皮的写诗歌，红皮的学写小说，平时不敢拿回家，只能放在桌仓里藏着。晚自习回家后，被住校的同学偷看，我写完一章，第二天就有同学说细节情节。在全民以文为荣的时代，好像同学们都在写东西，交笔友。我们写出一封封信，收到一封封信，搜罗各种小报小刊。男生们为看一本《金睃睨传奇》起了纠纷，约好出去打了一架，打完后又集体隐瞒老师和学校，轮流看书。其中一个同学的鼻子被打折了，后来外号就叫"塌鼻子"，他也没去告状，大有刀剑出鞘、肝胆相照的侠客之风。女生们只要有张刘晓庆张瑜的彩照，就得意洋洋半天。我问地理老师借了本《金银岛》，还没看完就丢了，害得父亲四处托人找。

年轻真好啊，只要读过的书，都会过目不忘，至今我也为自己的记忆力得意几分。

天道酬勤，17岁我就考进宁夏师范学院中文系，小个子，小人儿，在镇上引起了一阵轰动，父母为此高兴地不得了，觉得女儿多的家庭能这样，终于扬眉吐气了一回，后来的妹妹弟弟们一个个上了大学，天南地北工作了，他们才算彻底摆脱了被人瞧不起的经历。

中文系对我的影响远非语言所能表达。我们宿舍女孩都很漂亮，得到很多男生的关注，很快就名花各有主，或一花被诸多主所求。我年龄小，没人在意也没人追，干啥呢，只好读书吧，这时才开始接触了大量的外国文学，读得津津有味。

转眼到了毕业阶段，几乎所有人都被分到乡下，我也一样。教书的日子漫长重复，一眼望得见头，但也单纯少事。20岁的人，从学校里走出又回到学校中来，生活似乎没有多大变化。熟悉的乡村，熟悉的人们，熟悉的校园，唯一变化的是以前是学生现在是老师，念书的日子变为教书而已，接着，我早早结了婚，21岁就生了女儿。一个走近婚姻生活的女教师，除了教本和教参，好像也没时间没兴趣读其他书了，大多数日子单调而琐碎，没有多深印象。

但那时学校大院是很热闹的。几十个男女"光棍"，准确地说是男光棍更多，只要分来几个女的，大家都互相撺掇找对象。很快，就成了家，有了孩子。娃娃们满院跑，年龄都差不多。女人除了上课还织毛衣，我也跟着学，很快就学会了凤尾针法、鱼骨针法，各种套色针法；还给孩子织花裙子，还学会了钩针，钩各种鞋子裙子毛衣边，日子似乎无忧无虑，幸福指数很高。

乡下中学的日子悠闲快乐且充满生机，我们学校不知怎么就有男人们干家务的传统。每天上课完，女人们都玩耍嬉闹，说闲话玩牌，男人们就去做饭洗锅干家务。老校长和我父亲同一时代，典型的大男子主义，看不惯也不想看惯，曾经在教工会上义愤填膺：咱们学校的男人就不像个男人，一个个都是做饭的料。我看现在的社会是女人裙子越来越短了，男人锅头上爬满了。大家哈哈大笑，他气鼓鼓站起来，瞪了我们几眼，大步流星走了。

我教书的地方是个大镇，自古为繁华之地，教育局很重视。某年一个加拿大投资项目落在我校，其中最得我心的就是投资扩建了一座图书馆。其时，已有同事陆陆续续转行，也有去浙江上海教书的，也有"下海"经商的，更多的人都想调动进城，人心涣散。这时老公孩子都进了城，我成了"光杆司令"，没事干，便开始继续读书。我敢说这图书馆就是为我一人服务的，因为我几乎读完了那里面所有的书。此时，虽然有了一定的生活经验，有了简单的人生阅历，也有了孩子家庭和工作经历，但一个个孤寂的夜晚，一个个心酸的日子还是很难熬，所以我对书充满了感激之情。

两年后，我也从乡下进城，在一所职高任教。初来乍到必须带班，孩子又小，时光被忙碌和事件吞噬掉，分割为无数片段，何谈读书？都成了日子的奴隶了。

因为撤地立市的缘故分开，接着我又调到五中。新学校，新气象，新的工作环境，我学到了很多东西，比如讲公开课观摩课，比如主持各种大型节目，再比如撰写各种论文，还参加课题研究。新课程，新方法，我和所有同事一起研修教材，一起组织各种活动，在教书育人中能获得了成就感。可以说，这座学校完成了我人生中的一个个小小的愿望。

十年光阴，孩子长大了，姐妹们各有事业，生活却发生了巨大变化，日子在迅速富裕和各种意外中改变，似乎一夜之间，我就成了大人，知道了生活的本相和艰辛，读书完全退出了舞台。

女儿终于上了高中，老公去乡下任职，我开始读书写东西，慢慢开始了自己文字的历程。陪孩子读书，写自己的文章，慢慢找到了自己，找回了自己，而此时，花都结了果，我也已中年。

如今，读书，写作，再读书，再写作，已成为一种生活方式。我曾取网名为"比烟花绚烂"，签名档是"我是唯一"，很多年也没变过，忘记了当时取名的具体原因，但不甘心还是在字里行间隐现出来。

是的，我想我是唯一的。尽管这个世间有那么多丑恶无奈无助辛酸，但依靠书的慰藉，还是一步步走了出来，接近自己的内心，走出了本真和自我。

半是流水半为梦，从来没想过自己会成个作家。在出第一本书的时候，我是多么的忐忑不安，多么的惶惑不宁，但至少有了属于自己的第一次文字集结，又是多么兴奋。第二本书是一个高度，是它，真正带我走进了另一个天地；也是它，让我完成了心理上的锐变。第三第四，更不用说。不惑之年真的不惑了，书中写的，经历过的，眼见的，心见的，书啊书，使我的生活跃上了一个个台阶，也见证了我的精神提升之路。

自此，我才敢说，自己成了一个读书人。

所以，我是多么感谢那一本本书，各种内容各种风格的书，各个方面各领域的书，我甚至想让自己变成一本书，一本薄薄的，但也能启迪人生的书。

如果有人再问我理想的话，我想，多年前做图书管理员的梦，依旧还在。因为在这世上，如果没有书，该是多么寂寞呢。

人间的至情至性，从来都不只有风月事。手中有笔，心中有爱，大隐隐于书，小隐隐于市，畅言活着的温情温暖，声援人间的痛苦悲凉，足矣！

案头山水日日新

仿佛一扇门，就在那里，即使喧闹，即使烦恼，你自然而然会走回去。也如一些人，就在那里，不用刻意，不用修饰，见面自会交心别后自会心记。更如一些往事，就在那里，年年日日，历经沧桑，沉潜于心底，不离不弃。

读一本书，抑或一份报，感觉如交友，故人最好。很多年了，每日上下班，途径老一中十字路口，在六盘山宾馆这头，总会在等绿灯同时，顺手卖一份报纸几本杂志。卖报的是个大个子男人，一位脑膜炎后遗症患者，也在这里多年。军绿色小马扎上，放着厚厚的几沓报纸和几本时新刊物，夏天穿洗得发白了的蓝中山装，冬天被一件黄大衣裹得像粽子，见人就羞怯地笑，不吆喝也不大声喊。

不久身边多了位红脸蛋的胖女人，一个递东西一个收钱，很默契。走过去，他们抬头笑静静看。我把报刊杂志装进包里，和教案教材、油盐酱醋一起，心里熨帖了许多，脚步也加快了许多，包包蛋蛋地带回家。

一报在手，每日便有许多期许呀，单调的生活因此多了些依托，它是了解学习的另一种渠道。渐渐，关注有了侧重点，阅读有了选择，和一些版面有了情感的交融，它们便成为生活中很重要的一部分。一篇篇新闻故事、文化动向让我知晓了国内外的大小事，受益匪浅；一篇篇诗歌散文随笔评论，更增加了我文学的无限向往。有些文字读过风过无痕，有些文字一睹便注定了期待憧憬，一些好文章被细细品味后，剪贴下来，插上花边，需要时随手一翻，轻松方便。很长一段时间我也鼓励学生做剪贴报，还搞过评比，奖品是当年的《读者文摘》合订本。再后来，有了数字版，点开看看，成为生活常态。这份报纸便成了生命的一个默契，一份踏实。

所有版面中，我最喜欢副刊。徜徉在姹紫嫣红的文字花园里，颇有坐拥书城之感。我如饥似渴地阅读区内外许多知名作家的作品，从散发着乡土气息的文字里，读到故土眷恋、乡民风貌；读到清新隽永、阳光向上；读到深刻坚守、不屈不挠；读到温良恭俭让和心底的悲悯。在这里，多少稚嫩的笔开始苍劲有力，多少幼苗得以茁壮生长，多少小鸟得以展翅翱翔。因为喜欢，便去阅读；因为阅读，更去理解；因为理解，便更喜爱；因为喜爱，才会模仿。

因此，我也拿起笔，写起了小文，又一些佳作为范，佳作引领，我把每一篇文章作为未曾谋面的老师来提高自己，潜移默化间，写作能力不断提高，思想意识发生变化，心底就更感激这位良师益友。

字里默契知多少？总有一种精神让纸上的文字富有灵魂的质地。那时虽与各位编辑不曾相识，但在每一篇文章中，在字里行间体会到他们的辛勤智慧、付出和心血。再后来，得见古原老师的儒雅含蓄，杨建虎老师的甘为人梯，赵勉姐姐的淑女风范，袁慧妹妹的爽朗潇洒，还有很多默默无闻的职业报人。他们的敬业、执着、严谨、勤勉、认真、痴迷，令人佩服感动。同时，我也理解了为人嫁衣的辛苦辛劳，无怨无悔。

张潮在《幽梦影》中曾道，"文章是案头山水，山水是案头文章"，如今，这日日相见日日更新的旧友，让我在追梦的同时，更多了些感激欣慰。一个个白昼落进黑沉沉的夜，流淌在光阴里的，不仅仅是阅读与发文的喜悦，它分享着我的快乐，也在倾听着我的内心；使我与前辈与同仁与文字与思想与时代同步成长，也陪伴我共享一份心中的宁静，伴我走过这琐碎的烟火红尘。

眼见灯火次第明

在鲁院二楼的图书馆借了书,窝在床上看了一天。夜色渐浓,铁栏杆外人头攒动灯火通明,看看笔记本上不成文的文字,我突然有点坐不住了。

出门在外,尤其是人在京城,整天呆在屋里,似乎有荒废光阴之感,遂穿戴整齐,背起小包出了门。

好久没有过这样的惬意了。我的生活似乎永远单调重复,清苦自闭,淹没在文字的汪洋里不知尽头。此时,陌生的街头,一个人百无聊赖地走,有点莫名的兴奋,有点无端的凄惶,也有把俗事抛掷脑后的轻松,更有对另一种生活的期待。

对外经贸大学的门口,喧闹非常,所有餐馆都被填塞地严实密匝,所有橱窗都被灯光映照得流光溢彩,人们吃喝谈天悠闲自在,生活如此的平凡欢实。我在街头独自走过,耳听小摊商贩的吆喝,眼见一排排食物张大嘴笑,似乎在发狠斗气,也不知道和谁。买了一个小小的腊汁肉夹馍,陕西风味的,狠狠咬了一口,又狠狠地咬了一大口。经过串串香的小摊，矮个子夫妻笑容可掬，来点，好吃呢。遂毫不犹豫地拿了几个犒劳自己，然后漫无目地地走，边走边吃。真辣啊，一堆火蛇在嘴里乱窜。

熟悉的摊铺，不熟悉的人，流动着的身影擦肩而过，毫无印象。城市太大，充满了陌生气，红男绿女们的吃说笑，像电影里的画面，真实与虚幻。我慢慢走，也无风雨也无晴的淡定。

一路上，各种美食在招牌上熠熠生辉，诱惑着被辣得不知所措的味蕾。拐过十字路口，见到一个颇有档次的熟食店，随意走了进去。两个圆乎乎的服务员跟前跟后，略带夸张地介绍自家的猪耳朵猪蹄子。我不好意思了，只说看看，但禁不住她们的热情，只好说拿一个小猪蹄吧。收费的大姐一再申明，我们这是宫廷秘方，吃了不长胖的。胖脸上两个酒窝，十分可爱。

推开门，灯火斑斓，一片绚丽，有点后悔懊丧，这东西怎么办？不会在街上啃吧。在别人眼中，一贯被视为淑女，即使在家啃骨头，女儿都会说老妈这样子太可怕。这么多年从没买过此类东西，更别说吃了，但心底就冒出来个小人儿，挑战另一个自己，就在街上吃会怎么样？反正也没人认识。

四顾有人，嘈杂一片，我剥开塑料袋，抱着猪蹄偷偷咬了一口。尽管有点肥腻，但味道的确鲜美。不管三七二十一了，又咬了一口，滋味真心不错。可见人生最大的内容，不过是素颜上场，浓妆艳抹的，大多是给别人看的。

对面的晚市真热闹。水果排列地整整齐齐，红蓝绿紫。圣女果圆溜溜，小巧可爱；鸭梨黄灿灿，卖相很好；苹果个头硕大，颜色俊美；西瓜被切成几瓣，红瓤绿皮。最可怕的是草莓，壮硕肥美，个头大得让人害怕，但还是有很多人在卖，顾不上问怎么回事。

灯火渐少，终于走到了尽头，前面黑黝黝一片小区。高楼攒射出点点灯光，犹如家乡过年时盏盏的孔明灯，一闪一闪，遥不可及。巷尾幽暗处一家橱窗格外显眼，几个人体模特，艳丽极了，姿势优雅，俏脸儿一致对外。两个小伙走进去，那些模特忽然站起来。我吓了一跳，连忙仔细看，"××美容养生所"几个字闪烁不停。一个高大庞硕的女人走出来，头发高高竖起，像座山丘。一会儿，两女两男走进幽暗处，剩下的人，继续期待的目光。

城市是灯火的摇篮，十一点的夜依旧璀璨。无边的灯火给予异乡人无根感，也许只有食物可以抚慰，比如甜食，比如猪蹄。

走回幽静小院，四处无声，隔着铁门，芜杂被关在了身后，拎着没吃完的美食，我返身上楼。

一些灯火在眼前，隐藏了；屋里的灯光，亮了起来。

叛逃

那个年关，火车冲出固原，一路风驰电掣，跨过白天黑夜，一口气把我们带到了上海。

灯红酒绿的黄浦江畔，我和妹妹在江边喝咖啡，一杯一杯。她微笑着看我往自动咖啡机里投币。一个硬币丢下去，咔咔几声，戏剧般跳出一个纸质小杯，我摁住按钮，冒着热气的咖啡就缓缓流了出来。

冷，冷到骨头里的冷，从没想到南方的冬会如此潮湿阴冷！红色羽绒服如一张薄纸，裹着蜷缩的身子。我浑身颤抖，靠在栏杆上，盯着面前走过的人。一个穿白色大衣的女人，挽着高高发髻，高跟鞋响亮地敲打着路面，穿着短裙提了个黄包，袅娜走过。妹妹笑嘻嘻问，姐好看吗？我见她高跟鞋腿上的透明丝袜闪着悠悠寒光，越发冷了，哆嗦着说，好看是好看，但她咋不冷呢？远处，明珠塔高入云端，睥睨众生，影子倒映在江水中，随着波浪高高低低摇晃。

我一遍遍投币，试图用这种滚热的黑乎乎的液体来取暖。寒冷让人如此惶惑恐惧，我是多么思念北方的家啊。想父母家里的火炉，想自己家里的暖气，想锅里滚烫的羊肉，想冒着热气的暖锅，想炕烟味的土炕，甚至想呼啸而来呼啸而去的黄风。我思忖自己凭借一节钢铁的躯壳与家乡背道而驰，到这里来干什么？不知漂至何方的惶恐一阵阵袭过，未知的命运那么飘渺无形。

从小到大，我都在父母护翼下生活，很少离家远行，对南方的向往，曾是最执着的梦。记得年幼上学放学、寻草玩耍时，每当站在家乡那条叫清水的河滩上，看见清粼粼的河水蜿蜒曲折不知流向何方时，我就把目光投向天空，投向心目中的南方。

之所以会向往南方，除了水的原因之外，大多是对温暖气候的向往。"冬天来了，一群大雁往南飞，一会儿排成一字，一会儿排成人字……"语文课本上的一段话中，"往南飞"三个字成为无数北方孩子的梦想。连大雁都知道南飞能躲避寒冷休养生息繁衍后代的道理，何况人？在我有限的想象中，冬天的南方是色彩斑斓的干净，是温暖适宜的气候，是富足美好的日子，更是才子佳人云集的地方。

北方就不一样了，冰天雪地，掩盖了脏兮兮，家乡的冬天更是既缺乏色彩又缺乏活力。北风呼啸，大雪纷飞，我们在雪地里去上学，去买洋芋白菜，去取煤球，特别是生炉子填炕，那是最让人发愁的活。黑红粗糙的脸蛋，满身的炕烟味道，暴露在外的皮肤上布满了龟裂的口子，厚棉袄把人裹成了臃肿的粽子，深深刺痛已渴望美丽的少女的心。天寒地冻时，我抱着图册趴在火炕上看，心中满是对家乡的抱怨厌倦，南方，就是奋斗的动力，酝酿成一个叫做理想的词安营扎寨，我盼望自己快快长大，就可以到南方去了。

上大学时，身边有几个南方女孩，瘦削苍白，水的柔骨，美的姿态，符合我对南方女人的所有定义。在北方的风沙中长大的我，除了小小的羡慕嫉妒，总是想要是生在南方该多好啊。

可惜只能是想象。工作了，在乡下。结婚了，在家乡。生子了，一切逼仄都随之而来。没有前途的工作环境，越发贫困的生活环境，无法调动到城里的无奈，所幸有下海分流，鼓励性政策打乱了惯性思维，没有出路，人们只能往外去创世界。很多人背着小包走了出去，北京，上海，广州，深圳……都说比困在家里好的多。家族里有一批以身作则的人，哥哥姐姐嫂子，南方的大门敞开着，只要有勇气有才能，有亲人可投靠，有前辈找到的立足处，大家就紧随其后，去南方是必然的出路。

在上海，我很容易就找到了工作，是一所中专学校。胖胖的校长弥勒佛般站在楼下，看了简历，和蔼的问能不能讲一节课。当然行，对于教书我还是蛮有自信。抽的篇目是郁达夫的《故都的秋》，正年轻气盛，站在讲台上抑扬顿挫，字正腔圆地读着课文，老师和学生都在下面拍手，低声说着不太标准的普通话。下课就要签合同，住宿在六楼，年薪四万，有公用的厨房和卫生间。

晚上，住在表弟的清真拉面馆阁楼上（其实，就是空中驾着的几块木板），我生怕自己掉下去被煮熟了。因为底下有一排大大的汽油桶，上面隔着一个个非常大的铁锅，锅里一天到晚都煮着牛骨，翻滚的骨汤大大的浪，热气袅袅。在妹妹的宿舍，躺在跑了好多地方才的买来的电褥子上，盖着厚重的湿漉漉的被子，盯着墙上的霉斑点点，抱了本书却一个字都看不进去。寒冷侵袭全身，饥饿如影随形，我爬起来找饼干吃，看见塑料袋里的饼干，居然没了筋骨一样瘫成面团，才记起她早上吩咐要拧紧袋口的。要回去的念头黄浦江水般拍打过来，我问自己，这就是你要的生活？你确定你要这样的生活？

接下来的日子，大家一个比一个忙碌。天空总是半阴半晴，很少有明晃晃的太阳。南京路上人海如潮，我在街头踽踽而行，耳边充斥着听不懂的方言，身边走过不相干的人。每天从曲水流觞的景致走来走去，路过小桥流水人家，青砖白壁，路过内衣裤头花枝招展的小巷，也没有多少惊喜。人们不经意的打量，微笑中的冷漠，优越感十足的腔调，都让我绷紧的神经越发脆弱。我要回家！念头一旦成型就义无反顾，放下了脸面和自尊，放弃了条件优渥、前途命运，当我坐在返乡的列车上，就知道生活在南方的梦想，已哐当一声关上了大门。

南方之行，除了新鲜好奇，还有无奈逃离。我知道自己没出息，也没有魄力胆量，背着主动叛逃的耻辱，还有亲人朋友们不解的劝说，告别了美丽的周庄，静谧的乌镇，繁华的上海，大气的南京，我回来了。

火车慢腾腾，驶过长江走过黄河，车过陕西甘肃，大片贫瘠皲裂的土地，静脉般延伸的干涸河床，一排排土墙瓦房的民居，一个个面如老树的乡民，出现在我眼前。空气清新地一塌糊涂，阳光明媚的照着，目之所及身之所及心之所及，都是那么清爽透亮。这片干旱贫瘠、荒凉偏僻的黄土地以及土地上的人，以淡定朴素的容颜，随遇而安的心态，昭示着千年的生命历程，它也值得热爱和固守。

回来了，舍弃了在南方的梦想。一次仓促的南方之旅，转瞬即逝的记忆，如水乡穿梭而过的乌篷船；阴沉的阳光下零碎的细节，将留存在我生命中。我开始踏踏实实地工作生活，守望着老人，守护着孩子，帮助料理家中的一些琐事，直到他们白发渐全，直到我也白发根根。

时光倏尔逝去，南方的南似乎成为了梦一场，我的一场"叛逃"，也成为家人茶余饭后的说笑。我的家乡依旧干旱贫穷，还会叫人不失望无奈，但也有海啸不到、飓风不至、地震也不留恋的安然。后来，表哥嫂去了国外，同行者的房子也上涨到百万，只是这些对我这个没出息的人，也没多大的意义。

北方的晴日下，暖气暴热的屋子里，我偶尔还是会想起这段历史，想起曾经的南方之行，想我如果坚持下来，命运会带来什么样的契机和奇迹。

但绝不后悔，因为这里有那么多的美好和欣慰：父母的磕磕碰碰，老公孩子的调皮，一杯红参的温暖，一个短信的问候，学生的笑脸，朋友的欢欣……

南方之南话美食

烟火一碗

走之前，朋友就指点，南大门口的"芒可"好吃，一定得去尝尝。人还未到，馋虫先来，对诸多美味的期望，说口齿流津，确不为过。

作为一个地地道道的"吃货"，我把老祖宗的"饮食男女，人之大欲存焉"牢记心中，出门一不买衣服二不买纪念品，除了看风景长见识就是寻找品尝美食，精力心力至少有一半花在了吃上。

我家旁边就是一个菜市场，只要有时间，我总会带女儿一起去转转看看。清晨，供电局巷子里总是热气腾腾，揭开笼盖的馒头包子，新出锅的韭菜盒子，清汤爽口的拉面，油汪汪的羊肉泡馍；白的豆腐脑上滴着红的辣椒油，撒了一层绿莹莹的香菜；刚下锅的油条眨眼工夫就膨大，条条搁在铁篮子里……总之，诱人的食物会直截了当告诉你，美好的一天从吃开始，美食是生活的开端和本质。

现在作家中，最喜欢汪曾祺先生的《四方食事》，先生的美食美文，从家乡美味到四方小吃再到民俗考证，从生活之爱到闲适之趣，无不激起人们对烟火生活的感激。冬夜，窗外白雪纷飞，饿意顿生，我爬起来贼一样翻箱倒柜，冰箱里空空如也，只有一撮炒熟的黄豆躺在小瓷碗里，急忙抓出来细嚼慢咽。呀，果然是饥饿出美味，这几粒豆子成为很长一段时间内我津津乐道的美味。

南方之行，美景文化、人文风俗，皆向往之，但我最向往的，还是要吃遍江南美食。查遍网络，肠胃立即被一张张美食图片引诱，恨不得直奔而去，大快朵颐。

鸭血粉丝

玄武湖车站是南京送给人们的一个惊喜。一下火车，但见细雨蒙蒙，湖水笼罩在重重雾气中，给江南之行染上了温软的底色。

经过整整二十四小时，已被火车上方便面火腿肠味熏得晕晕乎乎，饥肠辘辘，我和同伴以最快的速度找到宾馆，放下行李，迅速出门，安抚自己。

晓雁贴心，告诉我到了南京，小汤包、鸭血粉丝汤不可不尝，所以尽管一路经过了无数美食小店，均狠心闭眼硬着头皮走过去，终于，我们在珠江路上，找到了她推荐的有黄色招牌的店铺。胖胖的老板娘在雨中忙忙碌碌，笑意盈盈，问我们大碗小碗。

十几个洁白无瑕小笼汤包紧紧拥在一起，你挨着我，我挨着你，像一朵朵美丽可爱的小梨花，我咬了一口，汁液滚烫，满口喷香。正感慨间，大碗的鸭血粉丝已端上了桌，尝一口，软、细、滑、嫩，咸味稍重，辣味次之，还有甜味在内，真是惬意无比。

鸭血粉丝味道好，色泽也不错。晶莹的粉丝浸在米黄色的汤里，暗红的鸭血伴着黄的油果绿的香菜，加上褐色的鸭肝，泛白的鸭肠，配着仿红木的碗，色香味俱全。

我们无心说话，相视一笑，筷勺兼上，似乎只有这样，才对得起这碗美食。

世界上最温暖可靠的东西，除了美食还是美食，在暖胃的同时也温暖了心。

四喜丸子

电视剧《神医喜来乐》，曾红遍大江南北，情节没记住多少，我却对赛西施的拿手菜"狮子头"情有独钟。后来才知红烧狮子头是淮扬名菜，是江南之家逢年过节常吃的一道美食，也称四喜丸子，取团圆吉祥之意。不过惦记归惦记，也没机会品尝。

到了南通，当晚便是丰盛大餐。桌上有个碗大的肉丸，起初没在意，有同学介绍是"清蒸狮子头"，我大惊。只见肉丸红润油亮，有肥有瘦，米粒均匀地撒满其上，四周配上青菜，光看看就已动了食欲。急忙用勺子挖了一块，细细嚼慢慢品，也许是我的舌头有偏爱，除了略咸之外，味精味也有些过，不是想象中的味道。

"狮子头"的"远祖"据说是南北朝的《食经》所记载的"跳丸炙"（见《齐民要术》，炙法第八十）。唐代郇国公宴客，府中的名厨韦巨元做了扬州四道名菜，当"葵花斩肉"端上来时，巨大的肉团做成的葵花精美绝伦，有如"雄狮之头"，宾客们乘机劝酒，"郇国公半生戎马，战功彪炳，应佩狮子帅印"。郇国公高兴地举杯一饮而尽，为纪念盛会，将这道菜改名为"狮子头"，从此，扬州就添了这道名菜。

又尝了一口"狮子头"，就想起小时候母亲带我去"坐席"的事儿来。在我家乡，农村过红白喜事，都有一种叫做"十大碗"的流水宴席。

十个平常的大碗里，装着用肉汤炖好的萝卜片、酸菜叶和粉条，上面再盖着肉片、肉块、排骨，其中，必定有一碗丸子。很冷的天，热气腾腾的白馒头就着冒着热气的菜，鲜美极了。大家正安静地吃着，忽然听谁喊，万财，你家的牛要下犊子了。座上的万财爸放下筷子，用袖子擦擦嘴角油渍，慌慌张张跑了，盖着八个丸子的大碗里，七个人吃了许久还剩下一个，但大家都没动。我盯着那个黑红的丸子，外焦内嫩，直咽口水，刚伸出筷子，就见母亲眼神射了过来，只好讪讪地夹起一片酸菜。回家路上，母亲说，丸子一人一个，这是规矩，是人人都遵守的，不能随便破坏。你记住，做人不要贪心，不是自己的东西千万不要打主意。

河豚之险

盘子里放着几条胖乎乎的小鱼，长不过一尺，肉浓汤白，嫩乎乎颤微微，我挑起一只入口轻抿，鲜美盈口；带肉刺的鱼皮，胶质浓厚食之粘口，远胜于鱼翅海参。

旁边的同学就说，这是河豚，一定要好好尝。呀，关于河豚的词排闼而来，剧毒、美味、神奇之鱼、"长江三鲜"的美称。这种鱼味美而有剧毒，据说食后半小时就有反应，先是唇舌发麻有刺痛感，随后就恶心呕吐、四肢麻木，接着体温血压下降、呼吸衰竭直至死亡，但人们甘愿冒险，且乐此不疲，据说还有为吃河豚先写下遗书的人，可见美食之惑多么可怕。

自古以来，就有吃河豚之说。

《山海经》中有记载："鲀之鱼，食之杀人。"北宋寇宗奭说："河豚味虽珍美，修治失法，食之杀人。厚生者宜远之"，意思是河豚虽味美，但珍爱自己生命的人还是不要去吃。但苏东坡任常州团练副使时，当地有一烹制河豚的高手请他去吃，只见这位大才子尝了一口后就不发一言，众人失望时，他放下筷子一声长叹："也值一死！"，这就是"拼死吃河豚"的由来。清人周芝良也有诗云"值那一死西施乳，当日坡仙要殉身"。中国人在吃的法则里，从不会束缚自己，人们怀着对食物的爱慕，在危险中也要寻求美的享受。

听同学介绍，高明的厨师烹制河豚时，必定要在砧板边上放一块白布，将鱼籽、鱼眼及其它内脏排列其上，宰杀后一一检查，如果缺了一样，这鱼就不敢吃，而且操作现场，上方还要挂一把伞，以防蜘蛛丝灯杂物掉进去。

盛宴之中，必然酒醉；美味之时，必有勇夫。食事最大，不管三七二十一，吃。尽管头上冒汗，心里无底，但我还是一口气吃完了。

此食只应天上有，人间难得几回吃！看来，有时人还是需要点冒险精神的。

身体上盛开的花朵

一

放下筷子，我忽然盯住自己的双腕。

那里正生出红彤彤的东西，一片、两片、三片……像盛开的花朵，翻卷着花瓣，从光滑白皙的皮肤上冒了出来。我紧紧地盯着，生怕漏掉一丝细微变化，因为它们没有任何要停下来的意思，继续一疙瘩一疙瘩的翻滚叠加着。

一时有些虚幻。我焦躁地站起来，走到窗前，仔细看了看天。雨大了起来，是倾盆一样的雨，打的玻璃哔哔啵啵响。暮色中，雨丝凝成一条线，风吹起它们，一根根飞舞。

手腕开始痒起来，我不停地挠，觉得腿腕处也有东西簌簌萌动，低头一看，居然腿上也密密麻麻，生出了类似的东西。呀！我惊恐不安，就这么看着，看身体上盛开出的朵朵妖艳罂粟，似乎还听到了一些怪异的声响：汨汨的流水声，枝柯折断声，还有似浪若风的喘息声。这些声音，让我觉得自己被包围在青草纠缠的山野，或者是濡湿的芦苇荡里。

母亲问，你咋了？

身上好像起了一些东西。

她忙放下筷子，拉过我的胳膊摸了一下，又摸了一下，连声说，风团吧？天气太潮了，起了风疹可就麻烦了。

我们就回忆一天的行程：热的像火炉的中午，开车带妹妹妈妈去乡下。温度奇高，全身汗涌出来，湿透了衣裙。下了车，站在二舅妈家的过道里，风凉嗖嗖吹过来，那叫一个爽快。四周无人，我偷偷掀开裙子，让风灌进宽大的裙裾，轻抚着湿漉漉的肌肤。

母亲很着急地说，是风疹。是大汗时迎了风。赶快去买药打针。

我下了楼。她追了下来，拿着一个大披肩说，裹好全身，落下病根就不得了，千万不敢再迎风。

到了医院，见医生慢腾腾地检查，她焦急地问有没有最好的药。中年医生看了她一眼，笑着说，不要紧，这点小病，很快就会好的，你放心。

我们就往回走。一路上，她紧紧拉着我的手，仿佛我是个小孩子，还是那个跟在她后面一声不响的孩子。

我怀你妹妹的时候，也是天热，迎了风，惹上了风疹。那时候没药也没医生会治，你外爷听了个偏方，就拿了毛笔墨汁，在我脊背上写了一些字，结果字写了，病也没好，跟了我很多年。

写的啥字？

左青龙右白虎，前朱雀后玄武。

妈，我怎么不知道你还有过这种病？

她好像在自言自语，都说让我在家缓几天就好了，不能见风。可那时你爸在外工作，没人挣工分，家里本来口粮就少，没办法，我就裹着头巾出门挣工分,就落下了病根。只要天气一热一潮,浑身就起疙瘩,大片的疙瘩。白天干活,忙得顾不上管,半夜里难受死了,抓得浑身血糊糊。

多长时间才好的?

她轻描淡写地说,大概十多年吧。反正你都上了高中,还动不动就犯病。她看着我,忧心忡忡,这可是个麻烦病,一定要小心啊,一定要根除。

可我仔仔细细回忆,记忆中从来没母亲得这种病的片段,那么,那个时候,我记住了些什么呢?

好像只记得整个夏天,大人们的脸上手上,都会有无数个小小的斑痕,不同于肤色,那是晒斑。

好像还记得每个人的右胳膊上有个印记,一横一竖,像个十字架。母亲说过那是医生在胳膊上"种的花儿"。

"种花儿"痛吗?像打针一样吗?我们这样问时,她总是模模糊糊地说,不痛,不痛。不种就会得天花,得了天花就满脸麻子,还会瞎眼睛,严重了就会没命的",然后举例说谁家孩子被父母耽误了满脸是麻子,谁家孩子的一只眼是瞎的,谁家孩子已经夭折了。

那时候条件不好,娃娃们出天花,也没办法,只能信天由命。你们三个是一起出的,现在就叫互相感染。在农业社,我要挣工分,队长又不请假,没办法,只能等别人歇缓时偷偷往家里跑。回来给你们喂点水,掰开眼睛看眼珠子动没动,听听呼吸均匀不均匀,不到几分钟,远远就听见出工的哨子响了,又得一趟子跑回地里。最重的一天,你们浑身火炭一样烧,吓得我从地里跑回来三四趟,被支书堵在路上,劈头盖脸就是一顿骂,眼泪豆豆一样往下落。哎,那时真可怜啊,她内疚地用手擦着眼泪,好在老天睁眼,保佑着你们都度过了难关,脸上也没留一个疤,真要感谢老天爷啊。

在母亲的描述中，一个画面渐渐清晰了起来：似乎是个春暖花开的季节，我们去种牛痘，很多人排着队，一律裸露出右臂。我暗暗下决心，一定不怕打针，做一个皮实的娃娃！但是，当医生用针头在胳膊上画十字时，那可真疼啊！我大声哭，那些排着队的娃娃们也跟着哭了。妈妈边帮我卷着袖子，边给过来五分钱说，不要哭了，买个糖去。我马上就停了哭声。

被种过牛痘的胳膊过一两天内就红肿了起来，又痛又痒，几天后消了肿，就留下一个圆圆的疤，梅花一样好看。一群娃娃见了面，还互相比谁的好看。我也为此曾自豪过，为臂上落下的一朵花儿，绝不像现在这样惊慌失措，无所适从。

二

夜里，大家蜷在一张床上说这说那，等我起来瞅胳膊腿，惊奇地发现那些东西，花朵也罢，峰峦也好，已经迅疾枯萎，消失殆尽，皮肤上依旧干干净净，白皙光滑。

我兴奋极了，大叫，你们看，我身上的那些东西没了。大家看了一眼，都觉得很平常，本来就是个小病，吃了药打了针，自然就会下去。

我瞠目结舌，难以置信，就这么一会儿工夫，它就走了？我看着此时自己还算正常的身体，不知接下来到底是什么状况。因为我知道，在我毫不设防时，那个不请自来的病魔，蛰伏在我身体的某个角落里的小兽，现在终于苏醒过来了，要见见天日了，它站起来，肆无忌惮地跑着窜着，卧倒打滚，然后伸出头来，肆意地张开嘴巴，挑衅一番，匆匆而来，迅疾而去。

半夜里，母亲悉悉索索起床，拉开灯，一边翻看我的胳膊和腿，一边唠叨，一定要忍住，不能抓，越抓越痒，越痒越难受。你明天就要去外地，这可怎么办啊？要早早起来，出去打针，一定要带着药，记得随时吃。

我装作没听见，心被泪淹了。几十年前，她自己生这种病的时候，谁替她这样操过心呢。

接着，这小兽就如影随形，跟着我一路旅行。我到西安，它跳出来看了几眼古城墙；我在运城，它跟着去关帝庙里拜谒文武圣；回到老家，它跟着爬上孤山摘了青柿子；在平遥，它夜游了古钱庄票号；在垣曲，那么多的名胜古迹，我以为它也一定会兴奋，可它忽然就偃旗息鼓，甘身隐退，再也不见了。

垣曲的夜晚灯火通明，人们在微雨里休闲娱乐，我无心看景。漫步街头，一家药铺前挂着"专治荨麻疹"的广告牌，我条件反射地停下脚步，急忙进去问询。一个老中医看了我一眼，说，捂着，不要迎风就好了。

现在，这些开在身体里的花朵都再也没有出现过，但我还是心有余悸，不知道它幽灵般蛰伏在我的身体里，不知在什么情况、什么诱因下再次出现。它丝丝缕缕的侵略，间间断断的出现，如一件件摆列出镜的道具，逼的人不得不正视身体的困境。也正是因着这病魔赐予的提醒和缓冲，我才能触及到身体的本真，顿悟到生命的意义。

曾有那么多的欲望，那么多的希冀，精神的，物质的，让我常常会想假如这样如果那样，我会怎么样？可貌似很平常的一场疾病，让我在很短时间内明晓了回忆和珍惜，懂得了敬畏自己的身体和生命，敬畏天地与死亡的真理。

"皇图霸业谈笑间，不胜人生一场病"，幸好只是个小病，幸好只是一场荨麻疹。如今的我，越上年龄越害怕自己得病，因为我有年迈的父母需要赡养，有未成年的孩子等待抚育，有诸多的责任还须承担，还有姐妹亲人朋友学生以及未了的心愿。这些我爱的人，还有爱我的人，都让我要健健康康，得为他们而努力前行。

晚上，母亲洗头了，一缕缕白发掉了下来，梨花般落在满是皱纹的脸上，肩上。

如果，如果时间可以是个负数，我愿意，愿意让自己的身体上开满鲜花，来换取母亲的芬芳年华……

第三辑　在路上

生来　我就是孤独的旅人

林拉公路

　　我在路边坐下，一时想不起身在什么地方。天一样高的雪山、蛇一样曲的道路，耳畔传来隐隐的歌声：谁的父亲死了，请告诉我如何悲伤。谁的爱人走了，请告诉我如何遗忘。细雨中抬起头，泥水覆盖着泥泞的路，路畔不知谁家的屋，谁垒砌的窗户正在敞开，谁悬挂的经幡兀自沉重。许久，一缕阳光穿过乌云，摇颤绿影，扑进我冰凉的怀抱，留下一道金色的吻痕。谁的声音又开始响起：生来，我就是孤独的旅人。

拉萨河

　　铺成一片绸缎，盖住高原创伤，凝成一幅画卷，描绘着雪山模样，缓缓一双脚步，丈量大地莽苍。比母亲更温柔，比父亲更刚强，比兄长更担当，比弟弟更体贴。你斟起火辣的青稞酒，灌满旅人空空的斛觞。

达孜县藏居

牛粪墙砌高了，青稞也熟了。青稞熟了，干草都码在树上了。干草码在树上了，牛羊也回圈了。牛羊都回圈了，风马旗就哗啦啦响了。风马旗哗啦响了，花香猪就满滩跑了。花香猪满滩跑了，阿妈就出去找了。阿妈出去找了，身后跟着的孩子，睁大细长的眼睛，就记在心里了。

墨竹工卡县甲玛乡之景

好吧！让我来挑染吧！给这座山头染上嫩绿，给那个山坳涂满淡黄；给远处山坡抹点橙紫，给近处山脚画上红妆。给梯田绣上织锦，给村庄纹上金光，给平地点缀褐色，给沟渠画点花样。把白云洗得更白，将蓝天刷层油漆，给远路漆上黑夜，给山峰涂上黎明。然后揭起画布，我的世界色彩荡漾。

米拉山口

山风挟裹寒冷，带我走向日月星辰。经幡掀起祷文，带我涉猎无边神圣。冰川默然静卧，教我领略大美不言。冰雪覆盖山峰，看我跨越岁岁红尘。我有一颗战栗的心，走过漫漫征程。我有一双拙朴的眼，望尽大河山棱。我以奴仆般的卑微，匍匐在脚下，把你久久亲吻。

雅鲁藏布江

激流忘记了平缓；石头忘记了大川；江面忘记了帆船；索道忘记了大桥；村庄忘记了世界；世界忘记了你我。我忘记了前生，却没忘记有你的梦。

尼洋河畔的晾衣女

草甸里，几顶黑褐色牧帐，手挽手肩并肩。汽车是蓝色的，风车是白色的，电杆是银色的，摩托是红色的，羊群是白色的，牦牛是花色的，藏獒是黑色的，炊烟是青色的，世界是净色的。长身瘦高的女人，一会儿往铁丝绳上晾晒衣服，一会儿直起身子张望。望什么呢？脚下的路，踩过的草，远行的丈夫，走路的陌生人，大山那边的传说，城市的灯火？不！远处的公路上，疾驰的五菱宏光，会不会带回自己的儿女，求学的孩子？离别时的背影，曾润湿了母亲的眼眶；梦中的样子，成了母亲的遥望。人间美景，永远和慈爱一起，伫立在思念的路上。

尼洋大峡谷的"中流砥柱"

山是那么高，沟是那么深，河是那么宽，水是那么急；你是那么巨大，兀然立于江中，如一枚四四方方的印章。虽说背靠神山，也属中流砥柱，但千年独立，你会惧怕孤独吗？磐石喟然，我会惧怕孤独吗？有些人可以被时间轻易抹去，犹如尘土；有些人刻在你的心上，永不磨灭，譬如我。

江达境内送行的"工布"阿妈

弯曲的脊背,花白的发辫,皱纹常驻的脸,腰间围着的藏袍。背上糌粑,拿上酥油,装好酸奶,捂好钱包。掐一朵格桑花带走吧!孩子,外面的世界再好,也别忘了你的故乡。天那边的歌声再美,也没有族人的话语顺耳。世上没了阿妈,你就没了家。("工布人",即生活在凹地里的人,他们有自己的服饰、建筑和节日,甚至语言都与其他藏人不同;男女都喜穿叫做"果秀"的毛呢长袍,头戴黑白折镶嵌花朵的毡帽。妇女一般腰配银链,戴着银饰,背披猴皮坎肩)

经学院的喇嘛们

高大健硕的,把街道当成后院,闲庭信步。瘦削矮小的,低头疾步,生怕跟不上夕阳的脚步。短发的女孩背着书包,三三两两,叽叽喳喳。光头的男孩子,黄包袱里裹着经文。他们做完了早课,做过了晚祷,便拿起手机和家人通话,翻看书本学辩经。黄昏路上,飘过一片紫红袈裟的背影。

喊牛羊回家的女人

嗷嗷嗷,高亢的呼喊,惊醒了静谧。大山站起张望,草场竖起耳朵,石子急忙让路,河道停滞不前。晚归的牛羊,沿坡道往家奔跑,藏獒滚成黑乎乎的一团。车子停止了疾驰,降下了车窗。女人害羞地摆摆手,脸上飞出的高原红,融化了暮归的人。

我的小白马

多少次，都想亲亲我的小白马啊。母亲一样，知道我的脾性；师友一样，知道我的忧虑；闺蜜一样，知道我的渴望；爱人一样，慰藉我的忧伤。马驮重重，翻过高耸的雪山，趟过湍急的大河，走过茫茫的草原，驶出莽莽的戈壁。马鞍稳稳，过青海，穿藏乡，经沙漠，渡大江。马鬃猎猎，承载着我的疲惫，背负着我的重任。马蹄嗒嗒，满足着我的渴望，慰藉着岁月的暗殇。惟有它，不仅知道我在人群中的欢颜，也见过那些暗夜里的，痛哭一场。

夜色中的旅人

拂晓，满心喜悦动身；傍晚，平静地奔往远方。行进时，开怀大笑；坎坷时，也不绝望。为了经历这世界上的所有，为了某一天的安然停驻，走了很长的路，见了无数的景，吃过不同的美食，看过别样的人群；聆听着黎明的诺言，惦记着爱情的召唤，忘记了途中的危险，怀着爱心不断向前。我不带走什么，也忘却了苦痛；放飞心灵，也抛下负荷；就这样，从一地赶往一地，从远程走向远程。

因为生来，我就是，就是一个孤独的旅人。

八千里路到边陲

风中传来呐喊的声音

先生：

　　见字如面！

　　六盘山机场空旷无人，一如平常。高高挂起的铝合金招牌，直视冷意阵阵的初夏山城；机坪上的小草，在冷风中并肩起伏，竖起耳朵聆听阳光的呼唤。几辆停靠在航楼前的绿色出租，让人一下子想起在这里看首航时的情景。

　　固原也有飞机场了！咱们的飞机要上天了！曾几何时，那是家乡的一件特大喜事，整座小城都在沸腾。人们穿上新衣服，带着好吃的，倾家出动，兴高采烈地去看飞机。那时我爱热闹也爱笑，手里攥一只氢气球，和其他人一道趴在铁栏杆上，紧紧盯着草地上一只笨拙的大鸟。起初它开始游走，缓慢而坚定，接着快速滑翔，还不时点头，然后猛然发力，翼飞冲天，扶摇直上九万里。当银白色身影钻入浩瀚蓝天，我激动地眼泪四流，迎风大喊。风把我的声音撕成碎片，抛向四面八方。其时正值困惑期，生活中的一系列打击接踵而来，令人措手不及，我想自己要是只鸟该多好啊，想去哪里就去哪里，想躲开谁就躲开谁。

短短几年，从意气青年变为沧桑中年，似乎生活中再大的浪花也激不起多少内心的波澜。一个渐渐无聊的中年人，或许只有远方才能激起热望和质感，所以这些年，走，似乎成为我的一种人生常态；看，也成为生命的特殊轨迹。走着看着想着，告慰自己越来越苍白的心灵。当然，说走就走不但需要勇气和条件，更需要健康的身体、自由的状态，好在我目前还有。

六月的家乡依旧寒冷，西海固的朔风依然刚劲，夏天只是个名词。我背起背包，转身看了看送别的亲人、不远处的家，看了看光秃秃的六盘山、土黄的大地，走进了机舱。银灰色大鸟驮着一肚子人，任劳任怨。它准备起飞了，缓缓向前滑行了很久，忽然停止不动，似乎用尖利的喙梳理羽毛，接着奋力展翅，就到了几万英尺高度。

人类只有借助翅膀，才能掠过无边的荒凉。平视几万英尺的高空，那是一个不能用语言形容的世界。浩瀚无边、自由自在的云团，千奇百怪、姿态各异的岛屿，轻柔飘荡、倏尔散开的云片，在阳光照耀下，直视无碍，充满虚幻。有时风将薄云刮向一方，云海盖住了一切；有时如山脉连绵不断，飘然驶过。有时又一望无际，青色浩荡。看得久了，就觉得自己也像一片云，不知所往。

俯视大地，皱纹般的土黄色遮蔽着表面，万世沧桑下，亘古未变的、永不停歇的流沙迎面扑来。纵横交错的，恰是时间的印迹。山脉永远是生命的灯塔呀，就像河流永远是母亲的怀抱。天山山脉的雪水，冲击出一个个倒悬的扇面。这些扇面一律上窄下宽，越往下越浩渺。绿意葱茏的森林，平坦阔达的原野，毫无生命迹象的不毛之地，呈现出虚幻的镜像。密密麻麻的道路河流，数不胜数的村庄城镇，镶嵌在冲击平原上，与其说人类改造着自然，不如说自然恩赐了万物的存在。

黄沙漠漠传朔气，青云万里动风声，我把自己变成一股清风，掠过遥远的河流，拂过近处的山地。我将未来置换成一种模式，只为拨开迷雾，寻觅一个梦境。我仿佛听到了风中传来呐喊的声音。那声音细碎悠长、不绝如缕，像一根钉子，钉在我的人生坐标上。

像风一样行走，像风一样自由，这样的人生有没有意义暂且不论，追求的背后，往往是不能言说无边的寂寥和孤独。谁是风的孩子，谁是风的伴侣？奔跑中的你我他，寻觅中的你我他，哪一个更接近生命本意？

罗曼罗兰说"世界上只有一种真正的英雄主义，那就是认清生活的真相后还依然热爱生活"。如我这样卑微如蚁的人，还可以在路上行走，还偶尔可以举起理想主义的旗帜，也是拜上天恩赐。无论怎样，就从脚下开始，一步一步，走向繁华深处，走向大漠边陲，走向未知世界，走向寻觅中的静地福地。

八千里路边陲去，频频回首忆旧游。

沙塞孤城羌笛声，落日和声随风流。

先生啊，写下这封信时，我已离开故土，来到了远方。

顺祝您夏好！

2018 年 6 月 13 日

一根树枝　伸手在我的窗前

先生：

见字如面！

一觉醒来，天色大亮，迷迷糊糊中打开手机，六点四十三。拉开窗户，一根树枝张开妩媚笑脸，伸手在我面前。一只啄木鸟惊慌飞远，接着又飞回来，敲打着粗粝树干，唱着属于自己的歌。

　　天色已明，清风扑面，街上却不见半个人影。在家乡，这时早已是脚步匆匆，人头攒动了。清洁工人清扫垃圾，老师学生奔向学校，早班的人步履稳健，这些常年把灯光背在背上的人，已习惯将自己影子投到眼前的路面上。仔细想想，乌鲁木齐和内地相差近两个小时，黑的早也亮的早。

　　树木是一座城市最醒目的标志。新疆太大，所以连树木都高大威猛，一齐向天空仰望，杨树居多，倒垂的柳也不少。合抱粗的树干，布满了伤疤，那是岁月的痕迹，它的力量，就是生长的力量。枝丫张开臂膀，寻求风的抚慰，树荫秘密地、温顺地，追随着晨曦的光亮，表达着隐秘的爱意。

　　我出了门，街上走动的人多了起来。沿着酒店向左，天气不热也不冷。穿长袖的居多，也有半袖裙子，但套着丝袜，可见早晚温差较大。街道不新也不旧，有坑也有洼，被高大的道旁树遮盖着，远看像一条绿色通道。原以为到处是留着大胡子的维族大爷，胖得像水桶一样的哈萨克大妈，穿着艳丽纱裙的姑娘，帅气好客的小伙，可街上除了边走边吃东西的上班族，才打开店门的几个店主，两位手拉手寒暄的头发花白老人，其他和家乡几乎一样。同样的高高低低楼房，同样的熙熙攘攘车流，同样的密密麻麻店铺，只是招牌上略有区别。果木烧烤和川菜馆挤在一起，阿勒泰的冷水鱼和沙县小吃和谐并存，烤馕店同爱的礼物笑吟吟等候上门的顾客。

　　拐过街，便是个普通小区。两个维族人拿着水管冲洗藤椅。年长的白衣白帽，白胡子长到第二个纽扣；年轻人个高人瘦，蓝衣服别进牛仔裤。他们互不说话，一个拿着水管猛冲，一个将冲洗后的东西一一提进屋。一辆中巴车边却围满了人，原来是个街头菜店。买菜的人高声问好后，就挑挑拣拣。卖菜的低头忙着择菜，任凭顾客自己过秤自己往旁边的蓝塑料袋里抛钱。一个破旧铁门里，隔着栅栏，卖酸奶疙瘩的矮小汉子，看起来不善言辞，沉默不语。排队的都是大妈，叽叽喳喳，议论着物价和孩子。穿白裙的姑娘高跟鞋噔噔踏过，小小黑包来回荡。她们集体沉默，盯着那窈窕背影，神情复杂地回忆偷偷溜走的青春。

街上忽然传来了叮叮咚咚声。抬头看，两个手持皮鼓的人，手指飞舞；一群兴高采烈地人，见人就热情过火地发宣传单，原来是为某个楼市开业做准备。一个衣衫褴褛的汉人，拉着个架子车在后面慢慢走，在繁华城市街头还能看见架子车，内地绝对不可能。一个西装革履的维族人，手里拿着个档案袋，边走边看手机⋯⋯

我站在街边看他们，正如街边的人也看我一样。世界在互相看的琴弦上跑来跑去，奏出好奇的乐声。想象中的边疆城市，有别具一格的风貌、与众不同的风采，但看来看去，大同小也不异。

先生，穿行在大街小巷，走过剪得整整齐齐地草坪，走过高低不一的楼层，走过神色各异的人群，忽然想起某个时段某些事。它们如看不见的手指，在我心上，拨出潺湲的涟漪。忧思在心里暂时平静了下去，不经意时照旧会冒出气泡。

和一座城市遇见了，走近了，也马上就要分别了。它留给我的，除了那段伸手在我窗前的绿树枝，还有那只飞到窗前唱歌的啄木鸟。

顺祝夏安！

2018 年 6 月 15 日

茶卡断想

一

浪漫唯美，所有经过你身旁的人都这样形容。他们说你融合了感性的澎湃与理性的沉静，既有成熟的风韵又有洒脱的禅境。你是诗是画，是流动的音乐、静止的歌曲；是母亲也是情人，是毕生的向往，是梦中的女神。无论熙攘遍地吵闹纷繁，你都沉默不语淡然处之，那是饱经风雨后的豁达洒脱、明净沉淀，也是历经沧桑后的不悲不喜、宠辱偕忘。可没人知道，你只是一个普通平常的湖泊，那超凡脱俗的宁静里，蕴涵着无边的伤感和不能言说的忧郁。无数人眼里，你一会儿是纯洁善良的处子，多情地眷恋着天空的白云、远方的雪山；一会儿又变成千帆过尽的老人，平静地承受着无数双探寻目光、匆忙的脚步。可没人知道，你只是一滴眼泪啊，一颗从苍穹落在大地母亲怀抱中的泪珠。

二

与其说你是一面天空之镜，不如说是一场物我偕忘的幻境。漫步于盐沼的天地，浸没于纯白的世界，放眼望去，一望无际，天地一线，空旷浩大，亮晶晶闪动的不是冰而是盐。抬头，一片蓝天；低头，仍是一片蓝天，分不清是天空是倒影、是湖水还是镜面。山色映湖面，湖面衬天空，蓝影澄波底，青烟落照时，一派世外桃源般的纯洁与宁静。时间仿佛静止，亘古未变；万物也已停滞，透明澄清。一阵秋风吹来，天空白云悠悠，远处苍山峻岭，四周牧草如茵，羊群珍珠洒落，湖上银波粼粼。神说所有生命都可在此进行生死轮回、循环往复，人说在这幻境中可看见自己的前世今生。那么你的前生是什么？你的今世又在何方？

三

你不像西湖，浓妆淡抹；也不似鄱阳湖，雾气蒸腾；更不像青海湖，浩渺晶莹……你是雪山神奇的造化，是高原美丽的馈赠；是天空的一面明镜，可以照见自己的灵魂。据说你还有一个名字叫做仙海。那远古的羌人，就已在这里采盐食用。《汉书·地理志》里载，"金城郡临羌西北至塞外，有西王母室、仙海、盐池"；而《西宁府新志》上，就有"在县治西，五百余里，青海西南……周围有二百数十里，盐系天成，取之无尽。蒙古用铁勺捞取，贩玉市口贸易，郡民赖之"之语。现在，人们只需要揭开十几厘米的盐盖，就可从下面捞取天然的结晶盐。你造就了无数奇观，却从未想过自己美如仙境。那天上的流云，洁白无垠；那地上的湖水，洁白无垠；阳光轻洒、浮云环衬，天与地似渺远的岁月、悠长的时光，没有穷尽。云朦胧，水朦胧，山朦胧，光朦胧，人朦胧，你凝眸一笑，湖水悄悄画出娇媚颜容。一辆小火车缓缓经过，犹如美丽的画屏。谁的脚步踩在湖面，咯吱咯吱作响；谁的身影倒映湖上，澄澜方丈若万顷，轻烟咫尺如千寻……

四

　　伫立湖边的,是一个巨型盐雕群,远看威武壮观,寓意深刻;近观惟妙惟肖,匠心独运。那以古老昆仑神话为素材的"炎帝制盐",融合了绘画、雕刻、建筑等艺术元素,既彰显着炎帝首先使盐水成为晶体的功劳,又表明茶卡古道不仅走出了一条生活交流的通道,也搭起了文化交流的桥梁。那"西王母的宝瓶",寄予了多少祈盼和平的心愿。多少年来,茶卡地区因争夺而连年战争,老百姓备受煎熬,连西王母路过此地都流下了眼泪,为解救百姓,她放水淹了宝贝,独留下那代表吉祥幸福的宝瓶。"马头琴的传说"表明着白马对主人、动物对人类的忠诚;"青盐之光"歌颂了新中国成立后,一大批有志青年响应"开发柴达木"的号召奔赴高原,为青海盐业发展立下了不可磨灭的功勋。

五

　　浅浅的水面上,爱美的姑娘扬起手中的薄纱,彩裙飘曳,笑靥如花,倒影如同胞姊,在凉爽的风中定格……薄薄的盐板上,情侣们背依远山以蓝天为幕以湖水为景,紧紧拥抱,闭眼亲吻……他们希冀这空灵的天地、童话的境界,能够洗涤尘世的污秽丑恶,留住纯净与忠贞;祈祷这茶卡盆地的深处,还有一面可以照耀心灵的明镜,将自己洗礼,将世界看清。可他们只在你面前停留了瞬间,用相机将神秘而又美妙的画面定格后,像做了一场旖旎的梦,像一点尘埃被山风掠走,又将回到浊气密布、纷争遍地的人间。

六

　　你是高贵典雅的,也是神秘莫测的。这青藏高原之上,雪山都愿意为你伫立万年,山鹰都愿意为你久久盘旋,白云都愿意为你驻足不前……万物都深情地凝望自己在你这魔镜中的容颜,因为没有谁能把它们映照得如此惊艳。世界是个多变的魔术师,让时空变换冬夏交错,让你在冬日的场景里遇到夏时的自己。苍穹之上,你的每一寸肌肤都洁净无比,你的每一个徘徊都绽放如莲,你把手臂轻轻抬起,向雪山俯首;你将头颅低下,向大地祈愿。你以一颗悲悯之心静候度化,以一颗虔诚之心寻求指点。高原上的风呼啸而过,把你的灵魂高高卷起,你听见那天空之外传过来的声音了吗?

七

世界的另一端,一块叫做玻利维亚的南美大地上(世界著名的"天空之镜"乌尤尼盐沼),还有一滴和你一样的泪珠。你们是兄妹,是情人?是走失的亲人,还是离散的爱人?你们以同样的美赢得世人的赞叹,可人们不知道那是分隔两地的牵挂,是日夜思念的结果;是自己遇见最美的自己后,沧海桑田般交融的深情。如果没有抵抗红尘诱惑的定力,再真的誓言终将随风而逝;没有忠贞不渝的心意,再深的感情也挡不住时间的磨损。你们这对从天而降、凝结为固液的泪珠啊,镶嵌在雪山草地间,何处是归程?

八

谁的眼泪在飞?那不是眼泪,那是喜悦的泪水,是相守的见证。你微笑着点头,我听见了啊,那是呼唤,又是呢喃;是私语,也是依恋;那是他的心声他的誓言:上邪,我欲与君相知,长命无绝衰。山无陵,江水为竭。冬雷震震,夏雨雪。天地合,乃敢与君绝。

玉树印象

从囊谦到玉树，多是垭口和峡谷。光秃秃的山顶上覆盖着皑皑白雪，像顶白中带黄的帽子；山腰以下却一片苍翠，松柏横生，原始森林里绿意缠绵；山峰巨石，遮天蔽日，鬼斧神工，如刀劈斧凿；诡异嶙峋，仁立在奔腾不停、白浪滔天的澜沧江中，令人震撼。

沿着峡谷深入，光滑的石面上，随处可见和山体颜色相近的各种图案，一律粗笔体勾勒，夸张怪异。有的紫红白色相间，有的橙色白色相连，有的自成系列，有的孤孤零零。绿草苍苍，乱石成堆，经幡横空，随风飘荡。一尊巨石上雕刻着彩佛，头顶光环，双手垂下，目含慈悲，满含笑意，安详地盘腿端坐在宝座上，这是莲花生大师的塑像。午后的阳光，照在他袒露的右臂上，紫红的袈裟褶皱清晰，底座莲花片片含苞。

拐过一个急弯，一堆五彩缤纷的嘛呢堆上，蓝黄色勾勒出的符号，表达着人们对佛国仙界的尊重虔诚。又一个反转急道，不远处的山坡上，一个喇嘛坐在大小圆石间，双手合十，身旁的石刻经文熠熠生辉。寺庙旁，成群的白塔底座上，也有色彩斑斓的符号，警惕地守护着佛门净地。

随走随看，玛尼石和佛塔比比皆是，山水风景加上充满历史气息的岩石刻画，增添了无穷的神秘神圣，让人肃然敬重。

车身一抖，钻进了一号隧洞，接着二号、三号隧，光线一明一暗，车灯一开一闭，黑乎乎的岩洞里，阴冷冰凉，压抑恐惧。王安石在《游褒禅山记》中说，"世之奇伟、瑰怪，非常之观，常在于险远，而人之所罕至焉，故非有志者不能至也"。世间大多事，往往如此吧，只有险远，才能得尽其妙；只有不寻常，才能久久不忘的吧。

面前一亮，行至林区，怪石嶙峋不见，古木参天隐去，灵秀端庄的白桦退后。河水蜿蜒，花草鲜嫩，牛羊吃草，牦牛抬头，村庄静谧，不见一人，世外桃源般纯净安逸。只有多彩的经幡在山边、河岸、屋顶舞动，幽蓝的天携着几抹云，亲切地注视着这人间仙境。

快看快看，多漂亮的街道，多漂亮的房子，昏昏欲睡的人马上睁开眼，玉树到了。

玉树位于青海省的西南部，地处青藏高原东部，平均海拔4500米左右，地形以山地高原为主，有通天河、扎曲、巴曲流过，是一个以牧为主，农牧结合的半农半牧城市。2013年7月，经民政部同意，设立了玉树市。

大多数人对玉树的印象完全是因为那次地震。记得当时看到电视里的报道，我除了满心同情外，第一次知道藏区还有如此贫穷落后的地方，而面前出现的城市，和以前的印象反差极大，以至于我们再次伸出头去确认路标。的确，这崭新的、极具民族特色的城市就是玉树。

214国道像个弧形，将玉树一隔两半，一半为政府机关学校区，一半为民居休闲场所。沿着宽阔的八车道徐徐向前，国旗样式的路灯绵延百里，红白相间，绿草成茵。色彩艳丽的小花篮组成各种形状的造型，别具一格，非常抢眼；威严高耸的标语牌排列成行，多为不忘党恩，民族团结之类。到处是援建建筑，山东、上海、江苏、浙江等省份，均在这里找得见踪迹。

红色楼顶延展出一片片小区，白色大理石广场上，地震纪念碑巍然屹立，车道人行道被红色栏杆隔开，高亢嘹亮的藏歌四处飘荡，人们慢悠悠经过马路，一派祥和安宁景象。

车子停靠在广场前，我们准备去瞻仰地震纪念碑。几十个身穿地税制服的人排列整齐，正进行着一场爱国主义活动。国歌响起，人群肃然，在寒冷的风中行注目礼，看着红色国旗冉冉升起。

"我们玉树能有今天这样，都是四面八方的兄弟支援的结果，也是国家对人民大爱的体现……"

"作为援建人，深感今天的幸福来之不易，我们共同走过了难忘的援建时光，携手玉树、情定高原，用辛劳和智慧筑起了一个新玉树。看着一座座校园拔地而起，一幢幢新家园炊烟袅袅，一条条道路平整畅通，用一句话来形容，新玉树新家园，有你的一半也有我的一半"……听着发言，大家由衷地鼓起掌来。

国家也是把钱花了，看现在建设的多好啊，母亲趴在窗口，不停地赞叹。

奶奶，这叫一方有难八方支援，小孙女接着说。

母亲继续感慨，国家大了富了，才能有心帮，有钱帮，不然吃不饱穿不暖的，哪里闲钱在这儿盖房盖楼的。

奶奶，你记住啊。祖国就是大家庭，我们就是小娃娃。我爱我们的大家庭！

天也笑起来，云也笑起来，人都笑出了声。

河流的故乡

一

车子在无边的原野上疾驰，原野在明亮的阳光下静默，阳光给蜿蜒的河流穿上新衣，河流向着远方奔流不息。初秋的下午明净清晰，没有网络没有电话不看手机的日子已延续了好多天。每天爬起来就赶路，天黑就休息，被红尘抛弃，远离了喧嚣，眼里不见人影散乱，心里也没任何杂念，日子如平静的河流，只朝着一个方向流淌。

从清晨到现在，几百公里范围内，没见过一座房舍和人烟。走啊走，不知多长时间过去了，连导航也似乎停滞了工作，显示屏上除了一条长长的直线，几无变化。人如天地间几粒尘沙，只有大河陪伴在身边，不舍昼夜。

沿途景色，依然是青藏高原的旧貌。隐隐的群山，荒芜的草滩，星罗棋布的湖泊，蜿蜒的河流；一条通往天际的小路上，来来往往蠕动的车子。唯一变化的是河流，有时清澈如镜，有时碧绿如玉，有时透迤清亮，有时暗哑浑浊；母亲一样安详。长天高远，浩浩荡荡，穿过草地，它们像一根孤独的琴弦绷在原野上，任风雨时光弹拨。大多时候，都匍匐在旷古的绿色中，看日光把无数温柔的箭镞射向岁月，射向水天一色的苍茫。

在青藏高原，许多词语会直接跳出脑海，让人不得不感叹祖先的伟大、造字者的睿智。记得夜读书，曾对《诗经》中"委委佗佗，如山如河，象服是宜"非常不解。查看古籍，陆德明释为"《韩诗》云：德之美貌"，而王先谦在《诗三家义集疏》中又说，"如山凝然而重，如河渊然而深，皆以状德容之美"，形容妇人德容之美。此刻，面对景致万千的大河大川，豁然开朗，一下子就理解了"河山之德"的涵义。"如山如河""河山之德"，皆以山河喻广博慈爱、包容一切的女人，是何等的贴切大气啊。

二

盈盈一水，清波银浪，这就是河流的故乡——三江源。

河流也有故乡吗？是啊。它就在眼前这冰雪覆盖着的高山下，就在这亘古未变的荒原上。小时候学地理，老师说长江发源于唐古拉山脉的主峰格拉丹冬冰峰，是个冰雪雕琢的世界；黄河发源于巴颜喀拉山北麓的卡日曲河谷和约古宗列盆地，那里水丰草美，景色壮观；而澜沧江源自唐古拉山北麓的群果扎西滩，是珍禽异兽的欢聚之所。长大了，知道黄河、长江、澜沧江如三条横空出世的长龙，呈现出大自然的沧桑巨变与博大神奇。它们从莽莽天际而出，纵向而下，聚合万流，绵延数千里，历经数千年，沿着漠漠荒原，浩浩荡荡，奔入大海。它们不仅养育了黄皮肤的中华儿女，也孕育了各个民族的灿烂文化。它们带来了亘古不变的久远深沉，带来了大漠孤烟的苍茫空旷，带来了气势磅礴的长河落日，带来了秦砖汉瓦的历史悠久，带来了源远流长的人类文明，……

不到三江源，你绝不会想到它是如此沉稳深幽，安详静然。不到沱沱河，你也不会了解三江的源头，并不是想象中的浩浩河面、荡荡波涛，汹涌澎湃，气势非凡。它和我们见过的普通大河一样，以不急不缓、不骄不躁的步伐，在时光中一圈一圈轮回。

据说，受全球变暖等各种因素影响，三江源面积锐减，水量大大缩小。河流的故乡，和我们的故乡一样衰老孤独，满目荒芜，默默承受着被蚕食被消损的命运。

三

逝者如斯夫，人的生命犹如大河，带着爱恋与牵绊，缓缓流过。是不是只有走到了中年老年，我们才会停下来回望？年龄越来越大，百种蹉跎千万凄清皆在心头，对故乡的情感也越来越矛盾。一方面因为那里是根基，有我们最完整的成长轨迹，最真挚的亲情友情爱情。另一方面，如果时光可倒退岁月可穿越，再回到彼时彼境，想必很多人同样会断然逃离。我心安处即故乡，对远离故土的人是一种善意欺骗，而真正的故乡，大多存在于人们记忆中，成为谁也回不去的地方。

残酷的事实摆在面前：乡村凋零，五谷不丰，荒草遮蔽，田地荒芜，有人在眷恋，有人在怀念，有人还想逃出，有人却试图回归。无论怎样，我们心中的故乡，都是一种是诗意化了的故乡；脑海中的村庄，是滤镜后的村庄；难忘的细节，也是美化后的亲情友情、被夸大了的温暖温馨。贫穷落后的时代，吃不饱穿不暖的日子，狭隘保守的村人，嫉妒自私的邻居，母亲的偏心唠叨，父亲的冷漠粗暴，都被一一遮蔽掉，我们忘记了黄米饭的粗糙难咽，只记得它的香甜可口；忘记了水煮洋芋的苦涩，只记得大铁锅揭开的热气腾腾；忘记了盐腌韭菜的酸臭难闻，只记得就着馒头的清香。我们思念家乡，是因为对现实的失望；思念那人，是怀念自己的青葱；记忆中的美好场景，是对本源的追溯；念念不忘的麦穗甜香，不过是坐在空调屋里的矫情。

只需看看那些荒草凄凄的土地就知道，没有人真正愿意回到故乡来了，去满怀敬意地耕作犁种，收获庄稼；也没有人愿意拿起一把生锈的农具，擦净磨亮，走向肥沃的田野。故乡故乡，只是黎明前的酣睡、正午里的笑声、黄昏中的呼唤、月夜里的笛声。

河流的故乡，我们的故乡，都演变成一种情结，一种源头，一个念想。

四

在大河交汇中，我想起我的故乡，那与之亲密相间叫做家的远方。

我们的成长史，似乎就是担水抬水的成长史；而理想中的天堂，就是小河经过的地方。

这个季节，正是腌菜时。母亲和舅妈、三妈，带着一大帮孩子，拉着一车车白菜，来到清水河边。白杆绿叶的白菜，是从地里直接铲回来的，叶片肥厚，上面布满了虫子。她们提着筈帚拨开白菜，一顿狂扫，大青虫翻卷着身子，小黑虫针尖大小，纷纷落在地上。午后阳光下，小河犹如两缕青烟中的一条银链，唱着歌汩汩向前。母亲边清扫青菜投进大盆，边说着家长里短。我们以干活的名义帮着倒忙，偷空就跑进河里耍水，直到全身被溅湿、笑闹声满河滩，才在呵斥声中跑回来。

母亲在我身边睡着了，不知道她对这样的画面有没有印象，但她对故乡的依恋应该比我们更深。她念念不忘的文官下轿武官下马的显赫家族早已不再。外婆家的大院子里，曾经可口的饭菜、姊妹们的欢笑，推磨的颇烦（忧愁），都随日子的递进、父母的离世埋进了黄土。我们的小院，她和父亲一砖一瓦建起来的家，洒满青春汗水的地方，一股劲儿奔日子的地方，如今已坍塌破旧、无人看管。每次从北京回来，她总要跑回去看看，唏嘘一番，然后带着遗憾无奈，锁上铁锁；仿佛尘封了那些旧日的时光。

女儿呢？低头正在看手机。这些年，她从家乡出发，从家乡到北京，从北京到首尔，又从北京到巴黎，从一个国家到另一个国家，求学生活，乐此不疲。这个年龄，正是逃离故乡的年龄，沉浸在异域风光的吸引中乐不思蜀，和我当年一样。我希冀将根扎在这片热土，她更想去世界各地看看，为此我们互相争吵又彼此妥协，希望达到共识又互不甘心。我清醒地认识到，终究还是留不住飞翔的翅膀，因为一代代人都这样过来的。不知道随着年龄的增长，异国他乡的红酒，能不能抵得过水煮羊肉的诱惑？巴黎的冷风凄雨，能不能抵得上一碟土豆丝的辣香？她对故乡的感觉，只是一些味觉记忆，一个遥远的地名。更何况，在我看来，他们这代人就没有故乡，无论是地域上、情感上，还是文化根基上。去年在巴黎老佛爷对面的服装店，遇见一个济南女孩，她说已七年没回过家了，七年没见过父母面了，也习惯了在异国他乡的孤独生活，简直无法想象。宁愿在法国做个普通的服务员，也不愿意回国守在父母身边，哪怕是回家看看，我不想说这样的选择是对是错，只是叹惋我们的孩子早已没有了故乡的概念。

三代人，三种生活方式，三种思维方式，不管我们如何坚信时间的永恒，坚信对本土故乡的留存，如何怀念过去的岁月，置身于一个新的环境，血管中的故乡说没有就没有了。母亲记忆中的清水河，和我记忆中的有差别；我和女儿心目中的河流，可以说大相径庭。尽管我们的味觉，永远带着家园的记忆，带着锅灶的气息，但坚持重返记忆田园的想法，完全成为一种假设。诗意版的故乡，被岁月宣布了短命；怀念版的故乡，只能是一幅挂在墙面上的水墨画。

五

一声汽笛把人都惊醒了，并行的铁轨拉长着视线，小路清晰又辽远。

河流的汩汩中，"水之如天，本色是矣。水色至黑，天之幽冥。水之根，源于天，昔苍穹洞开，雨四十九日。水之象，天为本，水天一色，霞骛齐飞。水之性，天之化，春夏秋冬，雨雹雾雪。水清灵，天空明，水如天否？"古人诠释着上善若水的道理。"望北山而流涕兮，临流水而太息。望孟夏之短夜兮，何晦明之若岁"，屈原在抒发放逐流亡的悲愤情绪，最终汨罗江成为他的归宿之地。"我想把生活中美好的东西、真实的东西，人的美、人的诗意告诉别人，使人们的心得到滋润，从而提高对生活的信念"，汪曾祺的文字，溪水一般，饱含着归于平静之后的淡雅和隽美。他说"我们有过各种创伤，但是我们应该快活"。

大地沉默，天空不语，山峦无声，河流沉默，它们的沉默里含有多少神秘，我们无法触及。这一路，看的多想的多，经验和内心变了许多。巨大的虚无时常侵袭，生命到底有什么意义，人生的归宿何在？眼前这些物景经冬历夏，走过沧桑而不语，历经劫难也无言，让人感念和合之美，也感怀流逝之憾。

我们应该回到源头，接连起斩断的文脉，竖立起坚定的文化自信，像奔流不息的大河，慢慢奔向远方的路程。中华民族源远流长中，信仰缺失和道德危机已成为巨石，拦挡在传承的中间。功利主义日渐侵蚀，繁华膨胀着虚浮的快乐，精神河流被拦腰斩断，真令人担忧。如果有一天，它们从视野里消失，我们又会怎样？

故乡，母亲般伸出双手，低声说，该回家了。该回家了！

可可西里的黄昏

你见过那些磕长头的人吗？他们的脸和手都脏地不得了，但心比谁都干净。

——陆川《可可西里》

可可西里无疑是美丽的，特别是黄昏时分。

斜阳余晖挂在地平线上，久久不舍离去，万物沉浸在一种柔和、晶莹、橙红色的包围中。日暮野风吹云去，数峰青瘦出天来，落日光辉照耀着雪山，皑皑山峰被瑰色笼罩，美丽夺目。四面山坡却黝黑一片，衬托得峰顶更加明亮，像熠熠生辉的宝石。天地之间，群山之巅，明暗对比，高低不匀，色彩多样，恍如梦境。

天空是刚刚被洗涤过的，无一丝杂尘，纯净极了；云朵是堆砌的棉山，叠加在一起，挂在天幕中。蓝天白云下，是涓涓雪水汇成的滔滔湖面。那深红色云霭，罩在银色水面上，闪烁着亮晶晶的光芒；那山光水色，交织成一幅动态的油画，奇妙无比。

平坦的戈壁上，绿草遮蔽着暗褐色土地，茫茫无际。海拔4600米左右的大地上，盘山路变成了平铺小道。车子沿着笔直的109国道一路疾驰，崇山峻岭倒退掠过，一条长长的细线，延伸到了天边，路是青黑色的飘带，亮黄的标识线越发清晰。钢架电线伸出长长臂膀，亲密相挽，把银色铁架串在一起，铸成了一道通讯的铜墙铁壁。路边有一段段银色的护栏，斜插着一排排银色钢筋，尖尖的银针是沉陷路段采取的防护措施，犹如边防士兵们列阵整装待发。火车沿着山边，和公路并排行走，暗绿色的车厢，好朋友似的牵着手，缓慢走过，偶尔鸣笛一声，沉闷的声音在旷野里迅速散去，惊起来回走动的藏羚羊、野驴野生牦牛。

太阳终于掉进了天幕，薄雾漫起，朦胧的暮色从戈壁滩铺过来。晚霞像火焰一样燃烧起来，遮掩了半个天空。天空暗了许多，山峰隐去不见，蔚蓝色湖水变成铁灰色，深沉的宁静笼罩了一切。空气特别清澈，玻璃一样透明，吸一口，沁人心肺。

巨龙盘旋，天路上一行行军车，蒙上军绿色的帆布，负重前进。各大军区的车牌号，整齐划一，排列有序。年轻的士兵们俊朗黝黑，神情严肃地坐在驾驶室里。迷彩军车右边，一张张五星红旗迎风飘扬，把苍茫暮色映衬地格外肃穆。

黛黑色的山峦像巨鲸大口，将余霭完全吞食，繁华喧嚣都离人远去。大地将山川裹在胸前，原野把白昼遮在腋下，冷风吹拂着尘世的印迹，河水依旧不停奔涌，连雪山也被藏匿起来，变成青黑连绵的一排。

一种辽阔厚重的美丽蔓延开来，一种深邃沉静的安详倾泻出去，可可西里如此壮美，却又如此平静。

如果一定要给旅行赋予一个意义，应该是寻找这个词。这个世界上有无数比我们更勇敢、坚强与豁达宽容的人，审视他们的过去，感受何样的经历历练了他们的人生；张开眼睛，随着他们的脚步坚定地走向远方。

此刻，我离天边那么远，离永恒这样近。我挚爱的亲人在侧，陪伴我走向未知；我亲爱的爱人在远方，默默祝福我平安顺利。我在宁静里行走，和自然完全融合；用脚步丈量着山河，用真诚向大地朝圣。我从大地上走过，大地给予我见识和力量；我从高峰经过，高峰赐予我胆识和勇气；我渡过大河，大河汩汩，将风土人情融进我的血液；我穿过大道，路途遥遥，把一个个故事刻在我的脑海。我曾经走过的脚印，终将成为人生的一部分，在今后的生活中涤荡我的灵魂；我曾经沐浴过的高原阳光，会告诉我人和自然应该如何和谐共处，尊重生命规律、遵循自然才是王道。

在可可西里自然保护区，没多远就会看到野生动物保护站，让人心头一暖。但愿电影《可可西里》里那血淋淋杀戮的残暴场面，再也不会出现；但愿这片无人区，再也没有掘金者和盗猎者贪婪的眼神；但愿我们的笔下，不再有生命信仰者的悲凉挽歌，但愿和索南达杰一样的保护藏羚羊的英雄永远活在世上，但愿这块平静的土地永远平静！

这神圣的可可西里黄昏啊！

比风更硬　比风更满地

山口的纪念碑

我使劲跺跺脚，脚下的土地硬邦邦。这就是唐古拉山口？山鹰都飞不过的地方？

寻常不过的马鞍形山凹，两边连绵不断的山峦，貌似平缓的公路，并没有想象中异乎寻常与险峻高奇。再次抬头看路标，蓝底白字，标明海拔为5231米，低头看路边泥泞一片，各种车横七竖八摆在湿地里，挤成一团。人下车得慢慢走，因为头木愣愣的，走几步人就喘，像被抽了筋。我赶紧过去给妈妈说不要下车，她听话地点点头，手里紧紧抱着氧气罐。

但人们还是非常兴奋！有的在石碣旁，排队拍照；有的急着上厕所，四处找寻；有的和藏人讨价还价，买卖各种纪念品。藏刀、转经筒、藏香、哈达及藏药藏红花、雪莲花、红景天、灵芝、冬虫夏草等摆满木台上，在风中瑟瑟发抖。黝黑瘦高的藏民不断走过来，说着生硬的汉语，合影吗？十元十元。就有人开始掏钱，在红色速干裤兜里掏了半天，拿出来一张五元一张两元的钞票。一个藏人紧盯了半天，这些嘛，也行。于是两人一起摆姿势，一高一低一黑一白，都是笑脸。

"唐古拉"，藏语意为"高原上的山"，空气含氧量只有海平面六成，是长江的发源地，由于全为冻土层，终年风雪交加，号称"风雪仓库"。天气极不稳定，即使夏天，公路也时常被大雪所封，冰雹、霜雪更是司空见惯。这条路是进西藏必经之地，是世界上海拔最高的公路，也是一枚英雄才可悬挂的勋章。

山口两边各高耸着一块纪念碑，一块为修建青藏公路而献身的人民解放军雕像纪念碑，是戴棉帽的军人半身雕像。另一块为江泽民同志题写的"军民共建兰西拉光缆工程竣工"纪念碑，两位工程兵靠在代表光缆的巨大石柱上，互相搀扶艰难站起。据说整修这条西藏"生命线"（最初是1954年修的路，只是一个窄道），从1974年至1985年，交通部调动了两个工程兵团两万多人，用了12年时间、耗资8亿多才建成，其间伤亡无数。

不过唐古拉山口，没有亲身体验高原反应的人，是不会真正理解这些数据意义的。普通人来到这里，呼吸困难、举步为艰，无法想象那些建设者是靠什么力量来修建生命之路的？想当年他们不畏艰险艰苦奋斗，用生命换来天堑变通途，换来的惠泽众生，才有如今无数人跋山涉水、开车进藏、领略祖国大好河山的机会。回望来路，平缓中渐高，线一样蜿蜒铺在高原中，不由涌起了对守护青藏线人的敬仰，对长眠于此的亡灵的缅怀。

信念的力量是无穷的！

风中的经幡

　　天空朗润，大地明洁，因这难得的感受，人人无限激动。放眼四望，天不再高远，云浮在半空，山风凌冽，呼呼刮过来，冷侵寒骨，偶有雪花打在脸上，化为水珠。阳光清明透亮，照在大地上，四面都是雪山，悠然沉寂，像饱经风霜的女人。荒芜的山川，因山头上巨大的经幡堆而灵动起来，也增添了更为神秘的氛围。

　　在藏区，有路就有玛尼堆，有村庄就有寺庙，有垭口就有经幡。凡是被藏民认为有灵气的地方，都会见到经幡随风舞动，猎猎飘扬。一路走来，一串串、一丛丛、一片片印满密密麻麻藏文咒语、经文、佛像、吉祥物图形的彩色风幡，在大地苍穹间飘荡摇曳，成为西藏高原上独特的风景线。这些方形、角形、条形的小旗，被固定在垭口上、大河边、高桥头，悬挂在门首、绳索、树枝上，不仅仅饱含宗教之境，还是颇有品味的艺术品，构成了一种连地接天的神圣境界，向天地神灵表达着无上敬意。

　　经幡，藏语叫"隆达"，"隆"为风，"达"为马，故又称风马旗，原以为色彩可随意搭配，后来才知不但色彩固定而且排列顺序不能有差错。五色和中国文化中的金木水火土相匹配，蓝色象征天空，白色象征云朵，红色象征太阳，绿色象征森林，黄色象征土地，代表生生不息的循环、生命的轮回归属。飘扬的五色经幡，或跨河而挂或依山而垂，短则三五十米，长则近百米，据说连结愈长挂得愈高，运气就愈好。

　　世世代代生活在高原上的人，对自然的膜拜虔诚备至，以为自然界天平地安、风调雨顺时，人间便太平祥和、幸福康乐；自然界出现灾害时，人间就灾害重重、不得安宁，因此将蓝白红绿黄五色方块布缝在长绳上悬挂起来，预示着祥运到来，祈求福运隆昌、消灾灭殃。

　　关于经幡，有许多传说。有人以为当初佛祖潜心诵经时，大风吹散经书，书页飘向四面八域，拿到的人得到了幸福，于是人们按照经书内容，用丝织品制成长长经幡，悬挂于房前屋后、路口河边，积以时日，渐成习俗。也有人说经幡缘起古印度女子在丈夫远行时，扯下衣角挂在门口树上为其送行，天长日久颜色渐褪，风把布丝吹到丈夫身边，奔波在外的人看见就会想起家里的妻子，相爱的人更能感受到彼此的深情与眷恋。后来佛学从印度传到中国再到西藏，人们在信佛的同时也学到了这种寄托祝福的习俗，遂演变为经幡。

站在唐古拉山口，阳光下，雪山间，经幡闪烁着神圣的光芒，凝视着四处来往的人，倾听尘埃中的万般诉求，作为宗教的表征，把人的思绪引向一个安静的居所，促使我们对生死进行一场终极审视。

世上除了生死，其他一切都是小事，天堂在哪里？

所有生命深处，都有着一个属于自己的"神灵"，生死始终占据着中心地位。生有何难？死有何惧？宗教的意义在于教导人如何摆脱对死亡的恐惧，引领人相信真善美，忠于自我。佛教强调"无我"，认为心中无爱欲、无贪求便无痛苦，进入一种不生、不死、不变、不易、大休、大息的境界就是"解脱"。老子的生死观强调"道"为万物之母，死亡是"落叶归根"。庄子是从永恒的角度看生与死，"方生方死，方死方生"。基督教让人们相信灵魂不灭，认为肉体短暂而灵魂长存。在穆斯林看来，死亡是真主的召唤，意味着今世生活的结束，后世生活的开始。人生天地间，忽如远行客。孔子的态度很积极，"未知生，焉知死"？苏武说"生当复来归，死当长相思"，好一个忠贞不渝，死得其所。秋瑾以"死生一事付鸿毛，人生到世方英杰"来表达抱负与胸襟。普通人呢？拿"生死有命，富贵在天"来宽慰自己。我奶奶活着时就常常说，"积个好生，不如积个好死"，那是最朴素的观点。

青春年少时，似乎一点也不惧怕死亡，我曾憧憬过各种死法：在最爱的人怀抱中死去，在最凄美的故事里消失，在海边在森林里徐徐倒下

（还要穿着白色长裙），总之很浪漫很唯美。随着年龄增大，又特别怕死。某年某时，当我躺在手术台上，看着医生们身穿白衣走过来，听着冰冷器械发出的叮当声，恐惧极了。女儿才十岁，我死了她怎么办？想起那张圆乎乎的小脸，就浑身颤抖，那种绝望是刻骨铭心的。人到中年，又觉得自己不敢死。自己死了，年迈的父母怎么办？白发人送黑发人的悲痛，是语言无法表达的。如果发生在我们身上，就是最大的不孝。也因此，我对所有自杀行为，保留个见，无论动机（个别除外）。

记得车过德令哈，我拍了一张路标，发了个微信：在这里，想起海子，无语（他写过一首诗，《姐姐，今夜我在德令哈》，久负盛名）。这么多年，人们对他的缅怀充分体现了尊重与敬意，但纪念会上，当看到他八十几岁的老母颤巍巍坐在后面泪流不止时，觉得他的选择很残忍。死亡应该有次序，应该按照年龄一辈辈往下走的。可惜，死神永远不按理出牌，老天也会打盹喝醉，生死路上无老少，的确。这几年，经历了很多生老病死，耳闻的、目睹的、身边的、远方的，自己也曾走近过，渐渐知道生死为自然之道，既不应怨死，也不应惧死，但还是有些恐惧过程，而非结局。但愿自己如蚁般的生命，能陪着父母陪伴家人，完成责任和义务，然后一步一步走向归宿。

此时，山风呼啸，经文飞扬，如神马御风，驰骋在天地间。一次次飘动，如一遍遍诵经；一次次翻飞，表达着人类对天地的敬畏、对佛祖的虔诚、对自己和家人的祈福。阳光照过来，经幡上双手合十的佛祖忽隐忽现，恍然进入了一个神秘境界；风不停吹过，经文咒语似乎一齐呢喃，将积累功德、诚心向佛的信念传播开去。

路上，不时看见远途跋涉的藏民，下马脱帽，念诵吉祥祝词，悬挂五色经幡；虔诚的朝拜者，一步步匍匐叩拜，为了心中的天堂，坚持修行。他们相信，漫天飞扬的经幡可以将不尽的祝福和祈祷，送往十方虚空的诸佛菩萨耳中；五色彩带能把天堂与人间、今生和来世、世俗和灵界，把日日夜夜串连起来，把生生死死连接起来，把人们从活着走向死亡、从死亡伸向希望的心愿连结起来。

信仰的人是幸福的！

车子远去，继续向前，唐古拉粗犷浑厚的雄性美、恒久原始的古典美、刀刻斧凿的雕塑美、汹涌澎湃的豪爽美，一一被抛在身后。罡风冰冷，前路漫漫；经幡猎猎，跳跃着、翻腾着、呼啸着，为人类提供了另一种珍爱自己、珍惜时日的方式。

因为这一张张经幡，渺小的普通的生命，和浩大无边的自然相比，不再绝望，而注入了一丝希望；也因为这一张张经幡，战火、杀戮、戕害、倾轧、贪婪等一再被诅咒，和谐、扶助、执著、美丽、宽容等成为人类的祈求。风中的经幡，使得我们对美好充满向往，对隔世有所期待，完成着一个个爱恨情仇的故事，垒起了一代又一代人向前的路途。也告慰人们：要想踏上自己想要的路，走向属于自己的远方，就要有自己的经幡。

比风更硬、比风更满地，是信念和梦想、精神与灵魂。惟有把真与爱的火种传遍天下，才能获得生死的真正轮回。

春来听陇声

寺声寺语

　　旱了一冬，偏偏出发时却细雨霏霏，大家就说天水天水，真是个好地方啊！单是名字，都能让人生出无数遐想来。这不，知人出行，天降甘霖，赐予神水，解燥除尘。

　　到南郭寺时，已是傍晚，山不高，寺不大，人也少，而且到处在修葺，脚手架钢筋铁、佛像亭阁、游人僧侣、松树柏木聚在一起，显得有些杂乱。就有人嘀咕，起早贪黑赶了几百公里，好像也没什么看头。

　　舍阶而上，一块椭圆的大石迎门而立，蓝字深镌，和朱门重檐相衬；对面山门高耸，金字楹联暗处映红，古殿庙宇隐藏其间。四面环绕着的苍柏劲松，深绿浅嫩，墨色淡浓；几丛桃杏点缀其中，春来新蕊，恣睢汪洋；肃穆庄严中添了几分珠围翠玉。

　　抬脚进寺，僧院幽僻深邃，竹道曲折清雅，一阵雨风拂过，细针撒在脸上，软绵滑润，倏尔不见，略觉寒意渐浓。两个僧人坐在雨里，寂然无声。朱红桌椅，金黄僧衣，定格为一幅水墨画。人就敛了声气，脚步也轻了许多。一旁香炉里，袅袅而上的几股青烟时断时续，一路攀爬，到了半空，又似洞箫一曲，婉转舒缓，抑扬顿挫了几回，终于散开。一团薄云，几缕微风，终化为天色，这景象如高僧大儒，历经磨难而水波不兴，隐遁山林却自有天然。

大殿中央，香炉之旁，檀香阵阵。几颗古柏，森森参天，粗得需要几人合抱，高也看不清树冠。枝干遒劲四散，旁逸斜出，旧枝新发，嫩翠笑靥，挂满了写着"平安如意""吉祥安好"的红布条。天光尚明，透亮处，绿影婆娑，红色映衬，幽中见动，交相微荡，一阵笛声渐起，纷至沓来。

暮色降临，远近默然。只见一截古木横卧在瓦墙之上，非常茂盛。南郭寺的树，都是千年时光的见证。眼前这截，据说已有二千五百多年的历史。之所以说是一截，因为已倒伏于地，似陶埙一曲，浑厚古朴，幽远飘逸。绕古木一周，细细端详，木如黑石，中有大窟窿，状似椭圆。树干历经风雨，纹理顺而不乱，疏密有致。岁月如流，光阴不多不少，在她身上留下了斑斑痕迹。粗壮的身体弯曲佝偻，粗糙的肌肤干裂黝黑，依然能感觉到豪气冲天、壮志不减。

低头思忖，几千年前，何人所栽？何人所育？一开始就植根于古刹名寺，还是阅尽春色后寄身于此？它见识了多少悲欢离合、时代更替，历经了多少杀伐血腥、魑魅魍魉？她像慈爱包容的母亲，经受多少艰辛悲苦，都笑而不语痛而不言；又是豁达睿智的父亲，见识了无数沧桑巨变，均做过眼烟云。对古木的敬畏之意油然而生。寄言立身者，孤直当如此。万物皆有因，树木与天地、与古寺、与人世，皆是缘起。生命无常中，一颗古木，千百年来屹立于世，留存下来就是福分。世间百态，终归于生命繁衍，世代绵延。

"山头南郭寺，水号北流泉。老树空庭得，清渠一邑传"，夜色挟裹最后一丝光亮，沉醉在寂然的古寺中。大树中藏着几个鸟巢，听得到鸟儿在枝上翅膀的扑棱声，小鸟偎在母亲怀抱的喃语声，似乎还有林间小虫微鸣声，雨打竹叶声；劲竹拔节嚯嚯声，幼孩嬉笑打闹声……

不知何时，梵音轻颂，万籁更寂，悠悠声中，天光一色，人影悄然，站立良久，顿悟修得真善悲悯，方能获得心澄灵静。

寺庙自有寺庙的语言和声音。

路转道回，走出山门。透过树丛，灯火点点，红尘喧闹，就在眼前。同行皆感慨，古木配古寺，梵音唱晚声，不虚此行！

碑言石说

一

二妙轩是块碑，却不是一般的碑。打开手机，借着微弱的光亮，见十几块碑石紧紧相连：黑石白字，沉稳大气，神宁气静，简远安然。"二妙轩"在几颗参天古树簇拥下，幽暗中闪烁着迷人的光芒，几个大字勾画厚重，有信笔天成之趣。沿着长长的石碑走过去，似乎一下子穿越了时空，还原了千百年前的场景与片段。

二

公元770年秋冬际，一位瘦弱不堪的老人从长沙出发，准备顺湘江下洞庭入长江至汉水，转道襄阳回归河南故里。"转篷忧悄悄，行药病涔涔"，年近花甲百病缠身的他，希冀投亲靠友，得以片刻休憩，无奈贫病交加，不久于距昌江县十里江的一叶扁舟之上，长眠了。"人生交契无老少，论交何必先同调"，被后世尊为"诗圣"的他，曾热情洋溢地写了很多对前辈、同辈和晚辈的景仰、褒扬、提携之辞，不仅赞誉过李白、高适、岑参、王维等诗坛大家，而且和很多有名之辈均有交游。可同时代的人似乎对他格外冷漠，除了三两个默默无闻的朋友外，几乎无只言片语提及他和他的作品。寒风凛凛，墓草瑟瑟，黄土一抔，青碑一块，这个忠厚谦逊、宽以待人的诗人，从来都满腔热情地将友谊置于首位，却从没想到自己对"交契"的理解，与别人隔着一大段距离。这个一生以"穷年忧黎元"为己任的文人，生前身后尝尽了寂寞凄凉的滋味。漫长的岁月里，他一厢情愿，用炉火般的真诚温暖了无数人，却没能换来一束烤热自己冰冷的心的火苗。时光悠悠，逝者如斯，婴其鸣矣，求其友声，谁也想不到在当世怀才不遇困顿一生的杜甫，却在几百年之后，在甘肃得到了一个真正的知音、一个狂热的崇拜者和一个堪称铁杆粉丝的人。

三

清顺治十一年（1654年），山东莱阳人宋琬以分巡陇右道兵备佥事驻节秦州（今甘肃天水市）。秦州是杜甫当年的流寓地，有一百多首"秦州杂诗"广为流传。这个以诗情出名的诗人、被誉为"南施北宋"的地方官，杜诗忠实的崇拜者，一到秦州就拜谒李杜祠堂，更令人惊讶的是他到秦州官署后，当年冬天，就沿着杜甫当年入川的线路，认认真真地走了一遍。在浏览秦川胜迹时，他去的最多的地方，要算城北玉泉观的李杜祠堂了。隔代相知，惺惺相惜，他甚至以为，单是顶礼膜拜还不足表达虔诚，传承偶像精神的方式还有一种，那就是树碑立传。于是，他从杜甫117首"秦州杂诗"中精选了60首与金石名家们四处"构求二王笔法"，并请来著名摹勒书法家摹刻成碑，《二妙轩碑》遂成。全长1516厘米，高24厘米，由34刻石组成，立于玉泉观内，这便是天水文化史上颇有名气的"二妙轩"碑帖来历，后来的几百年，它成为无数文人的"二妙轩"情结。山河不足重，重在遇知已，宋琬多年与杜诗为伴，虽与诗人阴阳两隔，然知音之感早已驻足心头。如今，这被岁月湮没的文化碎片，与古人作灵界沟通的碑帖，既能祭祖泽后，也是慰安灵魂。想来诗圣孤苦的一生，若知有如此知音，定会含笑九泉的。

四

乾隆四十八年（1783年），秦州知州王宽离任闲居，一个偶然机会，他在在秦城西关的一所僧房内，发现了被用作捣衣石的杜诗石刻的断石残碑。尽管只有4首诗160字，但他发现的碑刻正是当年王书杜诗合璧的旷世奇宝。因为从康熙初年起，秦陇一带战乱四起，二妙轩诗碑就早已散佚，不知去向，仅有少量的拓本传世。又一个隔世知音出现了，他欣喜如狂，专门写了《二妙轩碑题跋》，提出了"诗妙字妙"为"二妙"称谓，并题写了《题二妙轩碑》一诗："淳化摹天宝，风流宋荔裳。诗遗百六字，碑获十三行。藤瓦东柯杜，鹅笼东晋王。千秋余二妙，零落赞公房……"，高度评价了二妙轩碑在形式和内容上的完美境界。可惜王宽之后，《二妙轩碑》也下落不明，残存的二妙轩碑石再次散佚，即使碑帖拓片也极少面世。

五

民国二十三年（1934年），对所有和二妙有关系的人来说，真是一种福分，学者冯国瑞先生归乡，在朋友周酉山的家里见到了保存完整的诗碑拓片。他经过赏析考证，作了《秦州杜诗石刻记》。周酉山之后，拓本由其子周恒收藏。后来，许多文物都被定性为反动的、腐朽没落的，无数国宝都被毁灭，无数珍品都被废弃，但还是有人冒着生命危险，千方百计地保护着它们。可以说，在每一个藏品背后，都有一批虔诚守护的人；每一个守护的背面，都有无数双注目的眼睛。特殊时期，为保护二妙轩，周恒离乡做了14年小工，直到落实政策后才回到故里。1995年，天水市委、市政府决定在南郭寺筹建诗圣杜甫陇右诗墨迹碑林，得知这一消息，周恒先生经过慎重考虑，将珍藏了近百年的拓本《二妙轩碑帖》捐献给故乡天水，完成了上天赋予的使命。至宝终于堂堂正正，以文化渊源的方式，在和平盛世供人敬仰。

六

1997年，天水市政府于南郭寺内建立了"诗圣碑林"，将《二妙轩碑》拓本重新刻石，永久保留。2011年，《二妙轩碑》刊印成册，同麦积石窟艺术成为天水文化的地标。如今，在天水市金石拓片文化研究会李吉定先生等人的努力下，二妙轩碑石拓片作为珍贵礼品，敬赠全国各地的朋友，为传承秦地文化做贡献。

七

月光如水，灯光如豆，伫立碑刻前，久久不能平静。伸手抚摸那冰凉的碑石，迷恋于杜诗的芬芳，沉醉于二王书法的奥妙，睹碑思千岁古人，谒石亦万千感慨。普天之下，古往今来，有多少人多少文字能活在人民心中，值得千秋万代去膜拜去追寻留存？想那一代大诗人杜甫，从未享受风光无限的世俗人生，只好托体于异域莽苍，人生无奈！值得欣慰地是，藉由千古文章事的缘由，杜甫、宋琬、王宽、周酉山、冯国瑞、周恒等人，隐蓄着满怀的煦暖，特殊的情愫，成为隔着时空的知音、未曾谋面的知己。那象征人文精神的块块石碑，得之于山川灵秀，得之于人格魅力，寄托着文人相恤相亲相敬的情怀。那抱守清雅、灵动朴实的文字中，奔腾着的滔滔狂澜、眷眷之心。它使后辈笃信，这是历史记忆中最鲜活的遗存之一，也是文脉传承的见证。

八

一个民族，如果只热衷消费娱乐，追逐物质享受，对前贤往哲、文宗祖德、文脉绵延缺乏应有的敬意，那该是多么悲哀。如今，南郭寺里香火鼎盛，二秒轩碑已成为一种文脉精神的汇聚，也成为不忘前人、感恩思源的人生功课。这些碑石能被安放于此，也是祖先冥冥之中佑庇这位伟大的圣人、端行修德的文人，更是书以传人、文以载道的历史见证。它是一种传递，也是一种希望，更是千百年来传统文化根脉中最基本的要义——尊重、欣赏与传承。隔代知音世所稀，预示着：碑石在，精神就在。精神在，传承就在。传承在，文脉就在。文脉在，祖宗就在。

谈花议泉

从麦积山一路向南，走过几十里，就是甘泉古镇。据说甘泉尚甘，玉兰犹在，还有个太平寺，是一处佛教寺院，于是文脉拔脚便走。

一进村镇，就有些后悔，因为路实在难走了。街道本来就窄，因乱搭乱建显得更窄，两边房子似乎双臂一展便可勾肩搭背，偏偏还有各种车挡在路边。街上到处是人，不停来往穿梭。男人们戴着鸭舌帽，和摊主讨价还价。女人围巾裹了脸，紧跟在后，虽低眉顺从却不停在对比甄别。各家店铺前一律摆着冥币花圈，金银色明晃晃，才记起明日是清明。馒头大饼、农具电器、蔬菜水果、锅碗瓢盆，凡有所需，应有尽有；音箱高喊、喇叭轰鸣、鸡斗犬吠，声浪波动，不时迭起。热闹、繁荣、红火；嘈杂、拥挤、无序，烟火红尘永远以最鲜活的真实，立于眼前。

一路蛇行，车子就像逛商城，在人缝里钻进钻出。天热气喘，人不免皱眉烦躁。拐进一条更窄的巷子，小心如考驾照。偏偏两个黑眼长发瘦腰的女子，从侧门出来横成一排，昂首挺胸，目不斜视。

人声鼎沸中，一座本就小的寺庙，被挤在角落里，如一叶孤舟。

山门上，"太平寺"三字，古朴典雅，不失大气。"晨钟暮鼓警醒世间名利客，经声佛号唤回苦海迷路人"，楹联黑木金字，威严庄重。寺庙虽小，却五脏俱全：山门、天王殿、财神殿、大雄殿、圣母宫、地藏王菩萨殿、八角攒尖亭、禅房、念佛堂等，应有皆有。北、西、南与民院落相连，迎面为天王殿。

院内绿树红花，暗香浮动。西边红豆新枝嫩叶，笑语盈盈；海棠怒放，桃自芬芳。东南一株垂柳兀自婆娑，中间两株松柏郁郁苍苍。最妙的是其中一株古柏上有一颗寄生槐，而槐又寄生了椿，"柏槐孕椿"，确为一奇。一碑立于不大的院中，上镌杜甫二妙诗一首；一匾高悬"双玉兰堂"前，是国画大师齐白石所题。

名传千年的玉兰，正生机盎然，散发着迷人魅力，一紫一白，如侍女分候两边，相向而立。粗壮的枝干、硕大的叶片，雌雄相对，虬枝苍劲。紫色娇艳柔美，蓓蕾绽放，繁花似锦；白色庄重大方，如冰似玉，疏朗有致。树中立有石碑，刻有邓宝珊将军的《双玉兰堂赞》："万丈光芒笔有神，盛唐一老歌万民。幸逢此日非当日，不薄今人厚古人。南郭东柯记流寓，麻鞋草笠誉写真。林泉绚丽新歌颂，双玉兰开到处春。"如今，人已作古，香伴忠魂，花儿就显得有点寂寞。

天水春早，已是花谢时分，花瓣大朵大朵随风坠落；一堆堆染了泥土，零落翠苔。盯着脚下，颇多遗憾，但转念一想，没有逝者，无以召后起；没有生者，无以图将来。生命法则是大自然最合理的规律，年年岁岁花相似，岁岁年年人不同，正是生命的意义之所在。

寺泉即甘泉，据说旱不竭冬不冻，以清冽甘美闻名古今。因泉的重要性，人们在此建起了寺，有了鼎盛香火。太平寺的历史已无从稽考，但从杜甫"太平寺泉眼诗"不难看出，最迟为唐朝中晚期。

坐在浓荫掩映的台阶上，喝口清冽甘甜之泉水，听闻玉兰落地之声，想这甘泉既可藏污纳垢，也能玉洁冰心；可为祸水毒药，亦能圣泉仙丹。逝者如斯夫，恒久恒新的是时间；上善若水，能包容万物。因为有了这泉，时光轨迹只有发生，永远都不会结束。从某种意义上讲，对水的尊敬对生命之源的珍惜，才是人类真正的膜拜。

原以为太平寺里，应是香火长相续香鼎绕红尘，可和一墙之隔的红尘滚滚相比，显然寂寥地多。环视其他各殿，皆上了锁，门可罗雀。朋友说，寺小名小，一年到头，也只有花开时节人较多，多是旅客，不过看看热闹而已。唯独西南的财神殿里，有人跪地烧香，虔诚备至；有人喃喃有声，祷告祈福，股股青烟腾腾向上，似乎在上传人情下降佛意。遂记起南怀瑾曾坦言，儒家是粮铺，佛教是超市，道教是药店，不由暗笑一声，世人心态，略见一斑。

诚然，城镇疯狂扩建，寸土寸金，能留得如此小庙，已属不易。高墙窄门，要与闹市相比，终是幻想。但比起大寺庙里的香客熙熙攘攘、香火势焰熏天，我宁愿它清雅孤寂些。这些年，走过不少名寺，每每满怀期望而去，多以失望告终。当寺庙也被打上了豪华粗鄙的烙印，当金钱成为唯一的信仰，即使佛门也难逃劫数。

就是这个小若芥子的寺，至今还保留着旧时的模样。它也是时代的缩影，承载着沧桑的历史，成为秦州大地上一个不可抹去的文化符号。时光流逝了很多年，但老泉还在、老树还在、老墙还在，还能让人心系天地、感恩自然，让人有所敬畏、有所依盼，不也是一种意义所在？

天色渐深，一行人疾驰而去，回头望绿丛中的寺院，杏白色的院墙，青灰色殿脊，苍绿色古槐，都沐浴在玫红的晚霞中……

荒废院落

一

车拐过一个大弯，路却更长了。远远望去，更像一条熏染成褐黄的细线，扭动到山洼后，再也不见。路两边，一边是层层叠叠的梯田，一边是不太陡峭的山坡。梯田里，塑料薄膜匍匐在地上，给大地穿上了薄风衣，山风卷过，棋格一片波光粼粼。山坡上，杏桃红白、低松高柳，在正午随风婆娑，一派春意翩然。一行人忙下车，站在路边。因忙碌错过了季节时令的懊丧，一扫而光。岁月再无情，也挡不住追寻的脚步。

二

沿着缓坡向上，一丛丛芨芨草高过人身，遮住了小路；一束束金黄色的干枝，细软温和，欢迎着久违了的人影。主人在的话，定会早早割了它们扎扫帚编背篓，哪会允许这么挡人视线？如今没了管束，就长成了寂寥的树，摇摇摆摆拉着过路人的衣襟，赠上几缕细长的绒毛。村庄是个废弃的村子，只有两户人家。院子已丢弃了，破旧残败；窑洞张开大口，吐出砖瓦泥坯。偌大的台上没一点人的气息。树草不知人间事，照旧自我芬芳陶醉，年年有春意，岁岁有花开。这不，隔着低矮泥墙，一树李子探出半个身子打招呼。门口那颗青松，不高不低，粗壮有力，枝叶深绿浅绿，枝上挂满了黑乎乎松塔。此时，它兴奋地张开怀抱，迎接不约而至的客人。连在一起两个院，一个有大门的全是窑洞，一个没大门的偏又是瓦房，两个时代两种观念。朋友说这里曾是一个大家族，长幼慈爱仁义，子孙和睦共处，深得乡人仰赞。如今，人走了，院落破败不堪。家，没了人的滋养，很快荒芜一片。

三

从窄大门走进，腐草织成的松软地毯，像臣服于大地的子民，在顶礼膜拜。三孔窑洞高大深邃，竖在眼前。有用的东西拿完了，留下都是无用的，门窗已被挖走，訇然中开；砖石泥坯倒下来，杂乱无序；地上到处是杂物，乱七八糟，炕上全是旧袜子旧衣服，一张席子也没有；锅头上，摆满了各种各样的用具，狼藉一片。墙面依旧光滑细腻，古旧的日历上，西湖白塔倒映水中，微波荡漾，时间显示为1997年。锅头上方，当年的小虎队成员笑意盈盈，青春逼人；邓丽君圆脸圆腮，可爱丰满。时间仿佛倒回几十年前，岁月停滞在某一时刻，一切如幻梦。厨房的墙面挂着个竹编筷笼，颜色发暗釉色纯正。走近看，惊呼一声：几根衰草一圈绒毛，杂物围成的舒适小巢里，四只小雀叽叽喳喳，等着母亲喂食。原来这里安了一个热腾腾的家。窗口，一只麻雀见人靠近筷笼，惊慌不已，哀号着盘旋左右。人便急忙走了出去，抱歉打扰了它们宁静的生活。

四

院里的墙面上，有个不规则的小洞，外小内大，深邃有致，是当年的蜂巢。一只蜜蜂在旧巢边逡巡徘徊，是寻觅旧日气息，还是故土难离？可惜物是人已非，旧巢无伴。院子里，两个大土坑，有人说是树坑。大家便猜什么树值得如此大兴土木，迁移到百里千里之外？古人说，树挪死人挪活，现在，树挪了照样可以活得很好，遑论人？

五

院墙厚实坚固，靠大路的一侧上有个椭圆形小孔。透过小孔，不用出大门，就能看清坡下一切，相当于瞭望孔。当年，趴在这里的人，看到了什么呢？路上过来了一辆车，走来了一个人，跑过来一匹马？拉水驴车的吱扭扭，暮归的羊群咩咩咩，谁家的孩子在笑闹？大门口，锁得严严实实的水窖上，盖着块脏兮兮方形的木板，一把锈迹斑斑的锁挂在上面。水窖在大西北，是最重要的东西之一，窖口不大，水却还深，丢进个石子，半天才听见落地。人已走了几年，可惜了一窖甜水。又想，人搬到雨水密集的地方，何愁没水吃喝洗涮。挪活了的乡人，恐怕早忘了这一窖比金子还珍贵的水吧？

六

驴槽，猪圈，场院，辘轳，装杂物的地窝子，搁着个旧搪瓷碗的土台子，物是人非，皆是旧物旧景，而红花，绿植，芳草，榆钱，香味浓郁的叶子，旧去新来，又是新天地新气象。它们，似乎比人更能坚守脚下的土地，更懂得世事沧桑瞬息万变，更持久地见证时光的痕迹。

七

《汉乐府》中唱道：悲歌可以当泣，远望可以当归……欲归家无人，欲渡河无船。心思不能言，肠中车轮转。是啊！时代洪流中，故土难离，已成为一个过时名词；安土重迁，也变成过往记忆。迁移是大趋势，迁徙是潮流，人们有权利寻觅更好的环境过着更优裕的生活。远离故土的人，终于走出去了，离开出生成长的地方。城市的天空更大，马路更宽，灯光更亮，有水有平地的地方，吃喝更甜香，穿着更精致，出行更方便。但这一孔孔窑洞，一张张贴画，一个个旧物，依然是无数人梦里摇曳的场景。多少背弃了故乡的游子，多少无家所归的流浪者，如今只能在乡村旅游、民宿风情园里寻找旧日重现。我们都是背弃了故乡的游子，都是失去了家园的流浪者。乡愁袅袅，乡音无改，乡情浓浓，乡思绵绵。若干年后，我们将以什么样的方式，告知子女，告慰祖宗？返程途中，没有人说话，远处山坡上，一股细瘦的旋风扶摇直上。早年读王维，不懂"君自故乡来，应知故乡事。来日绮窗前，寒梅着花未"的含义，此时此地，隔空答一声，"寒梅尚依旧，桃李自芬芳。人去榆钱新，松柏说彷徨"。

在延安

在枣园

天好蓝啊。云朵好白。太阳真给力。

京城的一个多月，雾霾遮盖了天空原有的模样，几乎忘记了天朗气清的味道。来到枣园，那叫一个风和日丽，人人兴奋地像小孩。

枣园不大，几亩低洼的平地，据说曾是一个财主家的旧宅。平整有树，葳蕤成林，颗颗杨柳紧抱粗，很难得，因为在黄土地上，一颗树能长这么大，确不容易。枣园枣园，顾名思义枣树很多，一律黑粗硕大，虬枝张开，尖刺黝黝。此时晚春，叶子已长出来，探头探脑看着神色严肃的人群。

沿着土路，几孔窑洞背靠山丘而建。毛泽东旧居里，摆着一些物件，简单粗糙的桌椅，单薄的老粗布被褥，掉了拉手的旧皮箱，铁锈斑斑的煤油灯，老式的黑色电话机，老一代革命者，留给我们的，不仅仅是一种生活作风，而且是一种延安精神，艰苦奋斗的精神。

我摸了摸看不清颜色的炕桌，粗粝扎手，遥想当年《论持久战》等文章就是在这张桌子上一笔一划写出来的，感慨良久。墙面上挂着各种照片，主席的居多，穿着补丁裤子，边夹烟边讲话的风采，更让人心生敬仰。

周恩来以及各位领导人的旧居同样简陋俭朴。土院，泥墙，窑洞，旧窗，枣园和那些黄土地上普普通通的人家一样，看不出任何特别之处。走过一排排窑洞，我们聆听着革命先贤的往事，回顾着一段段红色的峥嵘岁月，重温着不朽的革命精神，更多是反思。唯有反思，才不辜负此行。

反思什么呢？物质富足精神贫瘠的现状，无病呻吟得过且过的状态，贪得无厌攫取名利的欲望，以及焦虑困惑和迷茫，我们在这条路上，迷失得太久。

忘记过去就意味着背叛。

在礼堂

阳光透过缝隙照进来，斜线纵横，光影斑驳。幽暗的空间被分割为无数个几何图案，梦幻一般。和外面的炎炎烈日相比，礼堂里空旷静谧，不但凉爽，甚至还有点冷。

中央大礼堂还保留着当年开会时的原貌。台上，红旗猎猎，标语显眼，红蓝色的大幕拉开，繁体字硕大。台下，一排排竹木凳子，漆成淡绿色。几十年前，党中央就是在这里，领导了一场大生产运动和延安整风运动，召开了第七次全国代表大会。也就是在这里，毛泽东同志作了《论联合政府》的政治报告，刘少奇作了《关于修改党章的报告》。

微光摇曳，穿过窗棂，暗明相间，往事袭来。七十二年前，延安文艺座谈会在此召开，历时一月，连着会议。当年，一批批历经千辛万苦奔赴延安的年轻人，一群群真诚的朝圣者，热情的传道者，勇敢的殉道者，有抱负的理想主义者，从四面八方汇聚此处，寻求救国救民的真理，认真聆听文艺如何为人民服务的具体指导。七十二年后，又一次新时期文艺座谈会的召开，指出了诸多文艺现象文艺问题。两个讲话虽时间空间不同，但坚持人民是文艺创作的源头是相同的。对文艺创作的根本要求也是相同的：根植人民，观照时代，无愧历史，面向未来。

　　站起来，隔着窗户向外看，杨家岭的春天葱茏明媚。比起枣园，这里开阔宽敞，机构健全，更显规模。不远处有个小石桌，据说是毛主席会见了美国记者安娜·路易斯·斯特朗的地点，也是在这个小石桌边，他提出了"一切反动派都是纸老虎"的著名论断，写出了著名的《反对投降活动》《中国革命和中国共产党》《目前抗日统一战线中的策略问题》《在延安文艺座谈会上的讲话》等文章。

　　"苦苦菜花开蓝个英英，走过苦走过难才见天明；一沟沟松柏万年青，共和国的旗帜火一样的红"……当年的歌声似乎还飘荡在耳边。今夕复何夕，共此暗影光，眼前闪现出当年背诵《杨家岭的早晨》时的情景，一群小孩子在老师带领下，摇头诵读，"六十年的岁月转瞬就落，甜蜜蜜的日子红火火过。吼一嗓信天游把情歌唱，永永远远不忘咱共产党"，朗朗的读书声似乎又扑面而来，让我们回到那个艰苦卓绝、烽火连天的战争岁月

　　杨家岭和大礼堂，依然在每个中国人的记忆中和心灵里。

在剧院

　　红色之旅带给我们的第一个惊喜是什么？就是延安剧院的舞台剧——《延安保育院》。

老故事，老题材，老话题，但绝对是新写实，新表现，新阐述，这是中国首部大型红色历史舞台剧，也是一个能给人带来震撼的舞台剧。内容是延安保卫战时，保育院的院长为保护烈士的后代而牺牲了自己孩子自己生命的故事。时长一个半小时，分为四幕：回家、成长、转移和东渡，分别表现了孩子们到达陕北、在保育院健康快乐的成长、随部队转战陕北、东渡黄河以及走向新中国的过程。整个舞台剧真实感人，气势恢宏，时代感极强，既彰显了伟大时代不平凡的情怀，又表达了人性的大慈大爱。

它是真实故事的提炼，也是历史的缩影，立体地展现延安保育院在特定历史时期时所承载着的重任。作品依托真实史料，用创新的艺术表现手法和独特视角来重现这一重要历史，还原革命战争时期那催人泪下的一幕幕。特别是老乡孩子和革命战士之间那种鱼水交融的情感，在当下，现实意义极强。

最可赞的是，导演在弘扬主旋律题材中还加入了巫神祛除病魔的情节。跳大神的"角子"披着稻草手拿羊角脸上涂抹着各种颜色，一面摇着铃铛一面在大声唱，唱词几乎和我小时候曾听过的大致相同，能够将这生活气息浓厚略显神秘色彩的细节加进去，真佩服编排者的勇气胸怀和接地气的思路。

最可褒的是，那些小演员们，不过七八岁，演出时的全身心投入，训练有素中的真情切切。一场剧结束，孩子们大汗淋漓，笑脸通红。扮演女儿的小演员，在母羊和小羊羔剪纸背景下，思念母亲，深情款款喊妈妈时，罪恶的枪声响起……人们眼泪夺眶而出，唏嘘不已。任何文艺形式，能够打动人的，一定是真情真挚和真诚，这是永恒的主题。

最可叹的是舞美设计。无论是窑洞造型的各种变体，还是特色鲜明的舞蹈服装，都会把观众迅速带入浓郁的陕北民俗中去，再加上旋转的木板、变幻的灯光、皮影剪纸的引入、干冰效果的植入、奇特的音响效果，各种现代化舞台技术共同营造出了逼真的场景，形成非同凡响的视觉听觉感觉效果，加之充满灵性的现代歌舞表演，一场震撼人心的舞剧，让人在震撼之余，久久回味。

人们沉默着缓缓走出剧院，沉浸在刚才的剧情中。我想，对每个人来说，都是一场心灵的洗礼吧。很多时候，用不着讲那么多的大道理，只需将已忘记或正在忘记过去的人们带到这里看看，就足够了。

有一种精神定会永存。

这个春天　在西安

漫过大街的声音空荡荡

临晨五点多，刺耳的刹车声将我惊醒。

西京医院对面的这家宾馆，名字很艳丽，容易让人想起姿态摇曳的女人，其实也没什么特别，我已来过很多次，一次是陪着朋友，一次是陪着爱人，一次是闺蜜，都是看病，轮到我，就感觉轻车熟路，毫无惊奇。

厚实的窗帘隔不住车流经过的声音，轮胎碾轧着沥青路面，疾驰而去，有时远远传来，轰轰隆隆；有时近在咫尺，尖利嘶哑。

原以为凌晨五点的街上应静如空山，有月亮明晃晃挂在天上，有星星点缀高楼其间，可那是空想。"各位旅客，下一站是康复路，请提前做好下车准备，"公交车的报站声很清晰，还听出车子不堪重负的身躯疲惫不堪，噗嗤噗嗤，喘着粗气。

这座城市有没有黑夜？如果有的话，我也醒来的太早了。它已习惯混迹于声音的洪流中，停不下脚步，享受酣眠的滋味了。

此时，家乡遥远，我自渺小。在别人的城市里，听到的、看到的都不一样。

忽然就想起朋友的亲戚，一个年轻能干的老乡，几年前在这座城市的一家宾馆门前，开着商务车，笑嘻嘻地接一群女人娃娃吃饭游玩。

你们想到哪里去？孩子们叽叽喳喳，博物馆、图书馆、大唐芙蓉园、兵马俑，吵成一团。大人们叽叽咕咕天气太热，其实是不想出去。他眉头挑起，大声命令，准备好，不准吵。我说一二三，就开始上车，安排你们到哪里就到哪里。浑厚有力的声音，混入在滴滴的喇叭声中。

在家乡人心目中，这个长相酷似孩子、身高不足一米六的男人制造的神话令人惊讶，本身就是个传奇。从小在新疆西安间奔走，把两地的东西相互交换，他迅速成了富翁。

现在他已成为另一个世界的人了。一年前，在自己的宝马车里，被大货车追尾，尸骨被火化，烧成一撮灰烬，装进了瓷罐。公司一下子四散，许多辆车被人开走也不知去向。心爱的手机也被家人扣下，说是不能进棺材。

就这样，一个生命完成了短暂的辉煌过程。在这座城市，他留下了一个年轻的妻子两个年幼的孩子，一座豪华的别墅，一个未完成的梦。

不知为什么，此时我会想起他，想起那个只见过一面的小老乡。车流依旧碾在马路上，碾碎了无数人的梦，城市的滚滚车流，未必就比家乡小路更安然。

谁也不知道明天和意外哪个先到来，安之若素才是最好的态度。

回想最近的日子，好的打算和坏的消息接踵而来，喜悦参半，心情在惊喜失望中纠结，好在我已经见惯不惊，都能咽下去了。

再过几个小时，就要走进对面的医院检查，但我心里更多的是平静。

无论老天赐予的意外和平安,都没什么大不了,我会坦然接受。

流淌在高楼里的声音皆茫茫

每个楼层都挤满了人。每个座位上都坐满了人。每个门口都排满了人。每个空间都有声音在吵吵闹闹。

在中国,寺庙和医院永远像集市,人们忙着生忙着死,忙着索取忙着祈求,忙着为此生他世找个注解,忙着延缓迈入另一世界的脚步。

没有欢笑没有愉悦、没有轻松没有淡然,人人脸色凝重神色张皇,匆匆在各个楼层间病室间奔走,忧戚无奈却满怀期待,把生老病死寄托于一个个冷冰冰的机器,一个个医术高超的医生。

电梯声,问询声,解释声,呵斥声,叫号声,探讨声;脚步匆匆踩过声,电话往来声,孩子的哭叫声,乞丐祈求声,热心人指点声:偌大的医院,太高的楼房,像只嗡嗡的蜂巢。

更多的人静静坐着,等候喇叭里喊自己名字的声音。此时,无声比有声丰富地多。

立在电梯上的僧侣,高大健壮,秃头露臂,孔武有力,不停地张望。黑色双肩包崭新时尚,赤色僧袍宽大鲜艳,手握黑色念珠,正默诵佛经。

坐在右边的一个女人,肤肌雪白,嘴唇红润,白色的皮草,黑色的靴子,贝雷帽挂在披肩头发上,面无表情地盯着手机,一连几个小时都没抬过头。上天赐予她如此的美貌,也不能遏制病魔的困扰。在喧闹如波的空间里,她选择了用冷漠来对抗。

而坐在前面的女人,淡蓝色一次性口罩遮住了大部分脸面,露出来的部分暗黄憔悴。黑色皮筋紧紧绑住淡黄发髻,是个乖巧的小媳妇。白色兔毛皮草裹着瘦弱身躯,像只毛绒绒的小兔。她抬头看一眼屏幕上的数字,低头手里不停地绣着十字绣。

红色的衬底，蓝色的大字，黄色的边花，这是一幅即将完成的浩大工程，能看出大体字样了，"家和万事"已具备，"兴"尚待闺中，现在她就绣着"兴"字的一只腿。她不时举起来，偏头看看花色，又开始一针一线地绣，一上一下地绣，完全不顾身边的人来来往往，诧异的眼神飞过来。

被病魔击中的她，在给谁绣呢？给家人的吧。一定是！可为什么要在医院里绣，要在候诊时绣呢？

熟悉的叫号声响起，她迅速站起，挽起了丝线，折叠了绣品，从容地进了诊室。

请42号患者到第四诊室，广播响起时，我有点紧张，但看了一眼她搁在椅子上的绣品，就坦然了许多。

等我走出来时，已完全放下了心，给家人汇报情况时，声音里掩饰不住的笑意。

飘拂在暗夜里的声音清亮亮

嗳，走啊！

当锣鼓声猛然响起，人们都被震住了，瞪大眼睛四下看，等反应过来后，才纷纷拿起手机，开始了边看戏边拍照的过程。

回民街高家大院内的这个戏楼，不是很高，也不大，但古色古香，很有味道，在暗红灯笼映照下，四面开阔，红布高悬，金碧辉煌，巍峨壮观。

灯光下，五个人坐在上面，加上锣鼓家伙，看起来满满当当。七十多岁的几位老人，头发花白，面色发黄，泛着釉光，蜡像般真实又陌生。他们是家喻户晓的老腔传承人，我在电视里见过很多次的，近距离接触还是第一次。

说看戏，其实是听，因为台上人动作并不多，大多时都坐着。说听戏，其实是听喊叫声，因为老腔本身就有一股激越悲壮、深沉铿锵的豪气。

此时，老人们手里拿着乐器，一板一眼地喊，字正腔圆地喊，全神贯注，激情四溢，一句都不含糊，半点也不虚假。我没听清喊得是哪一段，但合起来高亢穿云，单独时嘶哑低沉，这些非遗传承者，骨子里自带一种情怀。

坐在最前面的是一个手握半块木砖、提着一条板凳的老人，只见他迅疾走上前来，衣衫带风，不高的个子，清瘦的身体，宽下巴大眼睛，双颊凹进，精神矍铄，一边使劲高喊一边扣准了节拍，将木砖狠狠砸在木凳上。

锣声当当敲起来，一时鼓点密集，人喊马嘶，剑拔弩张。他们集体讲述着一个"千年摇滚"的沧桑故事，声音从门口、从墙边飞了出去，和街上买羊肉串的吆喝声、捶麻糖的敲打声、悠悠的古陨声、软绵绵的歌声，混在一起，传到更远的地方。

忽然，又一声锣响，所有的声音戛然而止。人们屏声静气，眼观戏台上那些老人，激动的微微颤抖。暗夜里，那些激越的喊叫声余音绕梁，不绝如缕。

夜凉如水，月亮高悬，灯影昏暗，小院里一时静如深潭，没有人立即站起来。人们被这样的豪气所感染，为这样的投入而震撼，被三秦大地上奔泻的情感所挟裹，为几十年如一日的痴迷而感动。

古往今来，于事于情，于人于物，痴者最动人。

飘拂在暗夜里的锣鼓当当响，这样的声音，以后还会有吗？

121

盘旋在光影里的锣鼓响当当

电灯全灭，屋里一片黑暗，只有前方幕布纯白一片。

猪八戒第一个出来，笑嘻嘻地叫，师父，快看啊，前面有一美貌女子，随即色迷迷地往前凑。孙悟空呢？一个筋斗翻出来，说了句白骨精哪里逃，就不见了。唐僧骑着马慢悠悠地唱，日上三竿皆困饿，我本长安取经人。沙僧照旧不说话，别人问一声，才说，师兄，我没见什么妖怪过去。妖怪嘛，自然怪声怪气，嘿嘿，今儿个注定有缘，能吃上那个唐僧肉啊。

锣鼓敲得响当当，皮影就咿咿呀呀演了起来。三打白骨精的故事虽烂熟于心，但以这种形式出现，还是格外有趣。更何况人物的妆扮、线条的肌理，堪称绝妙。

幕布上，几个小人儿依次出现，还有男女声。变幻万端的的影子，高低起伏的唱腔，加上插科打诨的对白，眼花缭乱的厮杀对打，真是赏心悦目、妙趣横生。

人们轻松地坐着，饶有兴趣地看。有的磕着瓜子，不时嘿嘿笑出声来，有的至始至终拿着手机拍，一刻也不停。

一盏灯，布围框，三五人吹啦弹唱，在我家乡它叫灯影子。很小时也看过一次，像是在一个场院里。来的都是娃娃，大家挤成一堆堆，伸长脖子踮起脚尖，两眼放光浑身冒汗，眼睛紧盯着白布。冬天的夜晚，朔风雪渣打在头上脸上，迅疾化成水，我也顾不上擦，顺势用舌头一舔，热烘烘地，还有点甜味。看的什么早忘得一干二净，但"一口可说千古事，双手能挡百万兵"的感觉至今留存。

看皮影最好玩的是得不断用心去猜，幕后的神秘随时都牵动着看戏人的思绪。是一个人还是几个人演？是男人还是女人唱？谁拉的胡琴谁敲着锣鼓？在好奇心怂恿下，看不见的比看得见更吸引人。

"传影于纸"的光学理论，在这里得到完美的诠释。屋内漆黑一片，影影绰绰，一时坐忘；屋外灯笼昏暗，锣鼓齐响。《史记》《汉书》中，汉武帝思念亡妻的故事及方士的"法术"，不仅仅是现代幻灯的雏形，还是一种传统的继承。

穿过窗棂的声音清亮亮，盘旋在光影里的锣鼓响当当，影是光的魂，光是影的灵，光与影的缠绵中，或喜或悲，亦忧亦怨；无论是万马千军或含情脉脉，热闹一片或寂寥非常，都富有浓郁的传奇色彩，更有即将失传的悲凉。

这个春天，在西安城最热闹的街上，在美食者的天堂，还有这样的锣鼓响起，还深藏着这样一块净地，还有人在坚守，有人在传承。

隔着时代的大幕，很多东西都像皮影一样，最怕在某一个岔口，你成了你的光，我成了我的影。

走过书架的人们熙攘攘

一进商场，所有人声音不由高起来，大声说嚷，有时甚至得喊才能听得见。因为那里常常会有震耳欲聋的响声，单咚咚锵锵都能将人吵晕，成天泡在噪音中，人还不发了疯？

看进了书店，就完全不一样了，不但悄悄说四下看，而且尽量表现出文明有序，似乎都被书架上满满当当的书给镇住了，就连上下楼时的脚步，都会慢下来，一步一步悄悄挪。

曲江书城很远，打车也得几十分钟。和大多数书店一样，风格时尚大气、现代感十足，一楼陈列着很多工艺品，二三楼才是选书买书的地方。

走上二楼，忽然音乐声特别大，把人吓了一跳。过了几分钟，才明白这是某歌星演唱会预售仪式。

一排排木椅被摆得整整齐齐，寂寥又落寞。一个个花篮排兵布阵，妖娆而美丽。还有已开瓶的美酒，亮锃锃的酒杯，银光闪闪的牌子，聚光下的人们格外靓丽。一对俊男靓女站在台上，手握话筒，互问互答，刻意制造热闹欢快的氛围，可惜台下没几个观众。几个摄影的人长枪短炮的，手机相机摄像机一齐出动，跑着拍。

正在诧异，旁边有人突然说，这有什么？报道时会有办法的。哦，我明白了。原来上报纸电视时鲜花会娇艳欲滴，椅子上会坐满了人，美酒也会发出琥珀色光芒。最重要的，现场一定喧闹熙攘，观众们争抢购票，长队排到路中央。

人们已习惯了刻意造假与虚张声势。

三楼的书被摆成各种样式，精彩纷呈。有的优雅美妙，有的富丽堂皇，有的呈灯塔状，有的像个扇面。每些书有不同版本，精装版、简装版、压缩版、插图版、经典版、纪念版，如妆扮成各种风格的女人，招徕很少的顾客，博取人们的好感。

庞大的书的家族汇成知识的海洋，来往其中的人，像点缀的贝壳。带着孩子的，提着篮子的，背着书包的，还有耳朵里塞着耳机的，在书架边匆匆走过，高声叫嚷。开学季，都是来选教辅资料的。

我理想中的天堂，就是书店的模样，而天堂里的人，应是质朴本分、高雅矜持的。挑选书籍，需要以淘宝般的耐心去选择，需要众里寻他千百度的态度去品鉴，还应有灯火阑珊处觅得的窃喜。

选了几本，交钱走人，回头四看，走过书架的人熙攘攘。海德格尔的话在耳边回响："无思状态如今在世界上迅速蔓延，人们以最快的速度和最廉价的方式获取知识，又飞速的抛弃和忘却一切。"

第四辑　在他乡

风情与悲情同在

一

这就是布拉格？嗯，这就是风情迷漫的布拉格！街道坑坑洼洼，窄小错落；巷道蜿蜒曲折，错综复杂；偌大的城区，几乎不见高楼大厦。和其他富裕的欧洲国家相比，显得贫穷而落后，但复古斑驳的建筑，色彩绚丽；朴素破旧的木门，素雅古意；造型各异的石雕，历史悠久。磨得锃亮的石板路，游人如织，处处彰显这座城市的悠久历史和艺术氛围。沿着一条长陡坡往下，更窄的巷道里挤满了游人。白人黑人、印度人日本人，世界上大多人种都能在这里找到同乡。物价便宜、景色迤逦、历史气息浓厚的捷克，一贯有欧洲后花园之称，而布拉格作为后花园的中心，无疑是八方来客的首要选择。傍晚街道上不热不冷，温度宜人。灯火次第亮了起来，和余晖交相辉映，一个童话的世界摆在面前。严肃的教堂黑褐色，庄重的纪念碑灰青色；涂抹成明黄和天蓝色的楼房，在柔光下，素雅不失华彩。路边小店，大多数关了门，极个别在开门营业。透过玻璃橱窗望进去，多是书籍、明信片、印着人物像的咖啡杯、五花十色的印章。一路嚷嚷购奢侈品的队员就有些不耐烦，有的埋怨石路不平整难走，有的叹息没什么看头。旅行目的不同，关注点自然不一样。在我看来，旅为心旅，行为脚行，与其他无关。

二

一阵音乐声停止，忽然听到男中音在怒斥，浑厚有力；女人在低低哭泣，弱小悲哀。游人顿时悄无声息，显然被吓住了。路边，锈迹斑斑的铁门里有个广场，不大。门口，瘦削的金发女子竖起食指，示意行人不要喧哗，丰腴的黑发女子不停散发着小册子。大家故意慢了脚步向里瞅，原来正进行着一场露天话剧演出。铺了沙砾的地面上摆满了木椅，看戏人正襟危坐全神贯注。人们带着赞叹羡慕，沿着坑洼向下的十字路继续前行。拐角处，咖啡店旁，一群人站在那里，黑压压静悄悄，西装白衬衣的胖男子正高声演讲，尽管听不懂，但慷慨激昂的语调，不断挥动的手势，猜得出是个严肃的话题。随处可见的涂鸦、宣传画、窗口上插着的国旗，使浪漫之都、神奇之都、艺术之都，用别样风情展示着独特魅力。

三

导游走过来说，你一路问的卡夫卡故居就在前方，可不要失望哦，一个破旧的楼而已。大家都笑起来，我没笑，脚步快起来。不会失望，几乎是肯定的。"我们就像被遗弃的孩子，迷失在森林里。当你站在我面前，看着我时，你知道我心里的悲伤吗，你知道你自己心里的悲伤吗"？

犹记读到如此文字，潸然泪下。这个布拉格的犹太人故居，是此行最期待的旅程之一。游人是浩荡的河流，顺着陡坡匆匆向下，我和香港来的姑娘、两个初中小孩从左侧拐进，如分流的小溪。从不高的铁门跨进去，就是卡夫卡曾住过的地方。楼果然不高，三层，暗灰色；门也不宽，仅容一人出进，墨绿色。我们正要进去，闪出个中年女人，白皙微胖，短发长裤，背硕大牛皮包，神色威严地开始锁门。素衣长裙少女急忙迎上去，英语加手势，想进去看看。那女人果断举起左手，连说 NO NO，迅速锁上门，全然不顾在场人期望的眼神，匆匆而去。两个灰衣的警察盯着背影，不好意思地向我们耸耸肩摊开双手。无奈，我们只好趴在一楼窗口往里看。不大的书架，摆着各种版本的书，都旧了，贴着几张明信片，也很旧。我慢慢返回，沿着石子路，汇入人流。"尽管人群拥挤，每个人都是沉默的，孤独的。对世界和对自己的评价不能正确地交错吻合。我们不是生活在被毁坏的世界，而是生活在错乱的世界"。生前默默无闻，孤独奋斗，死后才逐渐为人们所认识，沉默而来，以沉默告别，似乎是伟大作家们注定的结局。

四

艺术化身，是对捷克最好的注解。这里是德沃夏克、斯美塔的故土，卡夫卡、米兰·昆德拉的家乡。多年前，我家红色木柜里，《好兵帅克》便是偷出来的读物之一。经常好心办成坏事、帮倒忙的帅克，坐着轮椅唱着战歌，让米勒太太推着去当兵，成为镌刻在心底的画面。《鼹鼠的故事》里，三个圆头圆脑的小鼹鼠，演绎着既搞笑又充满温情的小故事，让多少孩子享受到了快乐和温暖。当然，伏契克的《绞刑架下的报告》，曾深深影响了一个时代的中国人。"我们曾经为欢乐而斗争，我们将要为欢乐而死"，"生活是没有旁观者的"，"一个人的理想越崇高，生活就越纯洁",背着这些格言警句,人们心中涌动革命的豪情,散发着理想的光辉。"当盖世太保闯进家时,他们并肩站着。妻子问丈夫:'现在怎么办?'丈夫回答:'我们去死。'她没叫喊一声,也没摇晃一下,面对瞄准他们的枪口,用一种十分优美的姿势把手递给丈夫"。一度,多少热血青年,将这细节定格为奋斗目标。

五

夜晚的布拉格像一个魔幻世界,更像一首大型交响乐,不愧为全球首个被指定为世界文化遗产的城市。灯火辉煌处,伏尔塔瓦河水静静流淌,宽阔的河面上有水鸟掠起,搭载游客的游船色彩暗淡,穿桥而过。查理桥上,挤满了兜售小商品的商贩、画人像的画匠、手工艺品制作者,熙熙攘攘的游客穿行,繁华热闹。音乐表演者是桥上最美丽的音符啊。三人拉小提琴,目不斜视;一人在自己大提琴声中兀自陶醉;五六个人排成一排,黑衣白手套,郑重如开音乐会。印度人手拿小笛,不停地招揽顾客,小藤筐里装着会跳舞的眼镜蛇(这个较恐怖,劝君莫试)。桥头一对父子,皱巴巴的西装、黑红憔悴的脸,手握萨克斯,眉头紧皱,眼神忧郁,望着对面漂亮的白纱裙女歌手。她正激情四射地唱歌,身边围满了游客,一块花布上丢了很多硬币。我走过去,站在他们面前,父子俩立即整整衣服,挺立鞠躬,对视一眼,吹起《茉莉花》来,异域他乡,静静享受中国民乐带来的美好时刻,一曲完毕,他们深深弯下腰去,再次致谢。我在小帽兜里轻轻放下10欧元。

六

人真多啊!挤满了布拉格广场。尖塔耸立,古老神秘,蓝灯绿雾,人头攒动，紧盯一面墙。墙上有世界上最著名的天文钟，据说可追溯到1410年。十点钟，窗户开启，耶稣的十二门徒在圣保罗带领下一一现身。人们纷纷举起手机相机拍照摄影。传说议员害怕钟表师傅再造个天文钟，命令将他弄瞎。独一无二的背后尽是鲜血淋漓，古今中外，概莫能外。我之所以对这座广场情有独钟，不仅仅是它别样的风情，更多有悲情的延续。捷克是一个具有深厚人文传统的国家，风靡世界的'波西米亚'风就源自这里。经历了无数政治风雨飘摇，依然屹立。1968年8月，苏、波、匈、保、东德华约五国，从四面八方杀入捷克，就在这个广场上，米兰·昆德拉与捷克人民举行抗议入侵集会，一时坦克机枪，鲜血横流。1989年爆发了"天鹅绒革命"，回归欧洲的捷克，饱受动乱摧残，渐渐走上正常的发展轨道，成为"穷人欧洲"中的富人之一。远离喧闹美丽的景区，我们蹲坐在停车场等车。写字楼空无一人，民宅透出零星灯光，破烂的建筑，萧条的街道，还是显得寒酸凄凉。或许是我们看惯国内的高大上的缘故吧。

七

在布拉格，听说还有个贪官污吏豪宅观光旅游线路，可惜我们没此行程。一路所见所闻，战乱带来的痛苦迷漫欧洲，贫富的差距越来越明显。下午，沿着"王者之路"赶往山顶俯瞰全城。布拉格保存着罗马式、哥德式、巴罗克式、洛可可式以及文艺复兴式各种建筑，大多为教堂。无数塔尖直刺穹庐，尖尖相连，别号"百塔城"；夕阳下，更显金碧辉煌，誉称"金色的布拉格"，的确值得羡慕。修建了六百年的圣维特大教堂，红衣大主教官邸富丽堂皇，那王冠上的十字架徽标，那处处的精雕细刻，无不彰显神权的不可侵犯。黑衣白巾的修女们白皙安详，微笑点头，迎接来往四方的客人。附近，为纪念二战时屠杀犹太人修建的一座犹太教堂，墓碑参差不齐，零乱堆砌。下山时，山道弯弯，沿路站着的，都是无家可归的黑人，也有少数的逃难白人。他们集体沉默，或立或蹲，紧盯来往的游客，寻找机会。这一路，无论到哪个国家，导游总会不断提醒防盗防抢劫。中东战火纷飞，难民蜂拥而至，欧洲动荡不安，到处是逃出来却无法生存的人。灯红酒绿衬托着无家可归，安详富足对比着颠沛流离。相比之下，中国真是最安全的国家之一。

8、风情与悲情同在。这块土地上，既有历史传承、人文底蕴、自然景观、风土人情，也有历史伤痛、社会弊端、观念矛盾、种族冲突等。清晨告别，与德国一望无际的牧场麦田相比，捷克的田野更像补丁。道路坑坑洼洼，粗糙不平；土地荒芜杂乱，潦草无序；农舍家园破旧黯然，绿树掩映、鲜花遍地的欧式风格也很少。

车子疾驰，奔向海关。谁的手机里放着《布拉格广场》：

透着光

琴键上透着光

彩绘的玻璃窗

装饰着歌特式教堂

谁弹一段

一段流浪忧伤……

废墟的遗憾

斜阳苍白，凉风习习，万缕金色洒向古罗马广场的残壁断瓦，使散落在荒草中的片片瓦砾，如同染上一层奇妙的液体。

罗马之旅行将结束，这里是最后一站。漫步古城，如同走进一座巨大的露天历史博物馆。

斗兽场前，断石在暮色中呻吟，残碑在旧台中静默。又名佛拉维欧的圆形剧场，曾以庞大、雄伟、壮观著称，堪称建筑史上的杰作与奇迹。如今，只剩下大半个骨架，丝毫不见当年繁华景象。厚厚的环形高墙、坍塌的建筑群、残毁的废墟，矗立在斜晖下，荒芜一片。

穿行其间，一不小心就踩着了历史。经历了两千年风霜岁月的冲刷，整个剧场色彩暗褐，荒草密布，显得格外沧桑。抚摸着墙上斑驳的印记，坐在阔大寂寥的石台上，下面就是竞技场。想当年，这个能容纳 5 万观众的剧场，有多少勇士在这里拼搏，又有多少场杀戮供人们娱乐？起先是兽兽相斗，后来是人兽互搏，天天人山人海，日日山呼海啸，上演着浸泡血泪的故事、残暴无情的片段。这里原是罗马帝国第六任暴君尼禄的黄金宫，史载他曾一把火烧了罗马，在废墟上建造了黄金宫，谁料后来，黄金宫也变成废墟。

罗马废墟就在斗兽场旁边，曾是古罗马帝国的市中心，建有无数宫殿。庞大精美的建筑群，也是最辉煌的舞台：元老院、公民大会的讲坛、神庙、帝国金库，多么雄伟万千，磅礴巍峨！现在只有颓垣败瓦和几根耸立云天的石柱。乱石衰草间，岁月长河早黯淡了帝国的背影；巨型长方形门楣上，刻有文字的浮雕由于风蚀雨侵，已呈黑色。每根柱子背后，都演绎过无数的悲欢离合。废墟上有帕拉亭山皇宫，那曾是屋大维的皇宫。站高望远，现代罗马城朴素残破，古老典雅。梵蒂冈圣彼得大教堂屋顶，清晰可见。

暮色四合，回想下午参观过的君士坦丁凯旋门，也是残迹斑斑。方柱上螺旋形浮雕，描绘着特拉亚诺大帝远征多瑙河流域的故事。旁边就是凯撒神庙，记载着他东西征战的壮举。当年凯撒跨越亚非拉三洲征服了埃及艳后，曾告诉元老院：我来了，我看见了，我胜利了！是何等的雄心壮志和英雄豪迈，但他随即遭暗杀，死于阴谋中，尸体也在此焚化。

而安东尼在此，发表了极具煽动力的"在凯撒尸体前的演说"，博得罗马市民同情，一举扭转局势，后来也成了埃及艳后的情人。据说屋大维女儿正是在这个广场上，穿着睡衣结识不同的男人。宫廷、政治、杀戮、阴谋、金钱、权利；爱情、女人、鲜血、交易、欲望、贪婪；古罗马历史，打不完的战争，剪不断理还乱的男女关系，就是一部掠夺和淫乱的历史。

灰蓝色天空下，四周寂寞浩瀚，触目惊心。时间在这里如石刻般停滞凝固，一个个遗迹宛如覆没海底的巨轮，丛生的荒草便是血淋淋的历史过往，断壁残垣便是场景的重回再现。隐隐看见一面红白绿的意大利国旗，迎风飘扬，仿佛岁月可按着画面快进又后退一样，荒诞至极。

天空布满了暗褐色云霞，山岭镀上了透明青色，微弱的日光映照着废墟。面对一段凝固的历史，一片残破景象，怅然长叹，不由想起了远在东方的圆明园。

　　同样是一片废墟啊！一个在西方，一个在东方；一个发生在两千多年前，一个却在近百年前；一个罗马帝国，一个大清帝国，都经历过繁荣和辉煌，最终都不可避免走向衰亡。如果说古罗马废墟诠释着权力交替、世事更变，那么圆明园则更多见证了皇家的痛苦和荣耀、民族的光辉和耻辱，在荒草断壁上，写尽了百年来中华民族的荣辱沧桑。

　　余秋雨说，废墟可以还历史以真实，还生命以过程。这就是人类的大明智。不管是修缮还是重建，对废墟来说，要义在于保存。

　　那么，保存的意义又在于什么？

　　一阵凉风吹过，卷起地上几片落叶。一辆辆大巴停在路边，等待参观的人。返回的人们慢慢走出，均沉默不语。巨大的廊柱、残缺的高壁、千年的历史，或多或少让他们感受到了岁月世事的残酷无情。一对老年印度夫妇，蹲坐在台阶上，红色沙丽，黝黑皮肤，鲜亮鼻环和满头银发，成为一尊雕像。他们仰面，茫然瞅着苍穹。

　　不远处，又是一群流落街头的黑人，还有逃难的白人。他们背靠在树桩上，坐在路边，站在花坛边，紧紧盯着来来往往的人。

　　留着这废墟干什么？同行的大学生问。

　　警醒！我喃喃自语。

　　警醒什么？

　　战争与冲突，和平与共处。

　　她看着那些手拿廉价劣质纪念品四处兜售的人，跟在游客后，一遍遍央求，乞怜的眼神。

　　他们的家呢？

　　他们曾经也有家，虽简陋贫寒，算不上幸福美满，但有欢声笑语、有妻儿老小、有师长朋友。重要的是，一家人在一起。还有个叫做祖国的东西。

人类到底为什么要有战争？上车时，二年级的小姑娘忽然问爷爷。

人们都不说话，因为不知怎么回答，只好一齐抬头看粉红色的太阳，渐渐落入西山。

花白头发的老人大声说，战争是恶魔的世界、帝王的娱乐、贪婪者的天堂、好斗者的舞台、专制者的欲望，只要战争一开始，地狱之门就敞开了。

车子开动了，我扭头回顾。天地如此广阔，历史这样悠久，个体这样渺小。一根根断柱，一块块石碑，一排排座位，一片片荒草，组成定格的画面。"可怜无定河边骨，犹是深闺梦里人"，虽不能穿越时空隧道，亲眼目睹沧桑巨变，但废墟本身就是一部石刻的史书，也是完整历史的映照，它可以使人类历史不至于抹去真相，不会让所有过往过于残缺不全。

夜深了，华灯初上，摇摇晃晃的车里，晚风从废墟上吹过，发出遗憾的叹息……

"花窗"下的遐想

  梵蒂冈圣彼得大教堂门外，人们排着队，悄然无声，带着敬畏绕过高大巍峨的廊柱，参观穹顶华贵肃穆的宗教图、历代教皇的塑像陵墓。
  教堂几乎全为暗黑，阴影衬托着静穆的矮桌，四处摆放着点燃的小烛，火光在低低的玻璃罩内闪烁不定。有人虔诚地走过去，双手捧起，恭恭敬敬献给心中的神；有人惊恐地睁大眼睛四处走，有人神情肃穆盯着面前一座座雕像。更多的人坐在教堂中间长凳上等待做弥撒。
  一个中年男子在圣彼得雕像前，长久跪着，双手紧握，靠在胸前，高大的身子谦恭缩起，远看就是一团黑影。身边那么多人走过，他嘴唇微启，闭了眼兀自喃喃，在自己的世界里和神灵对话。休闲服裹着健硕的身体和一张胡茬密布的脸，玻璃杯内的烛光随着人流走过闪烁不定，突然，他深深弯腰，双手摊开，匍匐在地上，亲吻着面前地板，一行泪水顺着琥珀色面颊流下。他是哪里人？发生了什么事？在忏悔还是在赎罪？是虔诚教徒的日常祷告还是不堪回首的内心独白？
  我从他身边经过，盯着那蜷缩如婴孩的背影，蓦然想起地球另一端，遥远的西海固我的亲人乡人们，在某些特殊时刻，在低矮的窑洞、黄泥土屋、不算高大的椽檩的瓦房里，同样跪倒在一些木刻雕像前，屏声静气虔诚非常，希冀得到扶助和启示。

人们鱼贯而入，排队往前走，插着耳机，边走边听导游压低声音讲解。巍峨雄伟的教堂里，富丽堂皇极了，人如蝼蚁草芥，被绝对的高大上震慑，缓步慢行。

这些天，不知和多少个教堂擦肩而过，也不知听过多少次钟声回荡。每个村庄都在尖塔红顶庇佑下，每个城市都有独特风格的宗教景观。如果说教堂留给我最深的印象，还是那些高达十余米或数十米花窗。

透光的花窗，仿佛来自天国的眼睛，总会令人惊喜异常。其图案繁杂多变，宗教故事场景活灵活现，人物栩栩如生。据说在电灯发明前，自然光是教堂里唯一的视觉来源，而哥特式大教堂由于挑梁高，须有大量充足的光照来满足照明，巨大且相对薄的窗户就成为不二的选择。各种风格的花窗被发明出来，营造着一种信仰的神秘氛围，在阳光照耀下亦真亦幻，"大美"尽显，完美地传递着上帝对信众的偏爱和指引，以及模糊而美丽的信仰本质。

没有人能抵抗圣彼得大教堂——这世界上最大圆顶教堂的魅力。一缕阳光从穹顶处钻进来，被切割成不同形状；几缕沿着窗户缝隙洒过来，照在马赛克地板上，像散淡的聚光灯，折射出错杂光团，绚烂斑驳；缤纷的色彩映衬着冷硬的石材，交织着绝美的光影彩绘；加上烛光闪动在主祭坛和各神殿，熏香味弥漫着整座教堂，管风琴的乐音在每个角落柔和地荡漾，如一道圣洁之光，令所有人沐浴在宗教氛围中。

教堂，本为供奉上天的神祇、劝化教导之所，但人类这庞大又渺小、自私贪婪的群体，从来都伴随着眼泪鲜血、战争掠夺。千百年来，人类对宗教的依赖膜拜，因为它真正关怀的对象是活生生的人。所有宗教，都以劝善抑恶、追求真善美为本质，根本宗旨在于对生命的整体关怀，指导人真实面对生死存有的价值抉择，克服本能的求生欲望与死亡恐惧。

　　站在一扇扇彩色玻璃下，浮想联翩。你会发现，周遭的一切都在不停变换，雕塑、壁画、廊柱、墓地、穹顶；祭坛上的祭坛画，无处不在的光；光中似乎有人，是圣约翰、圣乔治、玛利亚、天使们，还是基督耶稣？仿佛真有一双上帝之眼来引领芸芸众生。

　　钟声响起，弥撒开始，所有人静静跪着，我们急忙走出。教堂是欧洲人一切生活的开始和尽头。虔诚的宗教信仰，文化传承加上规律的日常生活，人为教堂和宗教所做的一切事都心甘情愿顺理成章。金钱权力、文化艺术汇聚一堂，也因此人类艺术的巅峰，大多在此创造与完成。窃以为教堂的最大功绩，就是替我们较完整地保存了前辈创造出的文明、智慧和精华。

　　但"举头三尺有神明"，至少还让我们有所敬畏，有所不为，有不敢不愿为的可能。

黄金和权柄

　　凡尔赛宫就是一块纯金打造的宫殿，奢华绮丽，富贵堂皇。
　　金色拱门高大威严，金色大厅宽敞温暖，墙面上，金丝线和深红丝绸相间的天鹅绒，贴满了每一个角落。天花板上，金色的雕花线条，描画着各种大型壁画的边线。镜厅如镜，两边的镜子排列开来，在阳光下明亮而耀眼，闪闪发光。起居室里，纯银铸造的御座，神秘高贵，不言自珍；地板上，深红色的波斯地毯，大气豪奢，厚重密实。
　　和世界上所有王宫一样，它不但积聚了无数的物质财富，还彰显着艺术文化的辉煌；同时也历经了无数的政治风雨，见证了各式各样的权谋伎俩。
　　一个人的名字隐藏在背面，这个人和凡尔赛宫的关系，可谓一言难尽，世人常将他与三百年后东方古国权臣和珅放在一起比较，因为他们扮演着同样的角色，有着相同的结局。他叫富凯，是路易十四的首相。其实，富凯与路易十四之间的较量，与朱元璋和沈万三的较劲，更显得情节相似，殊途同归。

一

路易十四时期，由于连年征战，民众贫穷，国库空虚，他之所以启用争议较大的富凯，就是听说此人不但有高超的赚钱本事，而且为达到目的会不择手段。果然，执掌国家财政大权之后，富凯就公开买官卖官、强逼富人交各种赋税，短时间内国库迅速得到充实，他本人也捞到大量好处。这个出身低微的商人把自家修缮的比皇宫还奢华，且在竣工之际，还邀请国王到子爵堡里来参观。在盛会上，除了大放焰火、上演莫里哀喜剧，还处处显出比皇家更皇家的气派。当路易十四国王拿起糖罐说这珐琅罐做得真好时，狂妄的臣子却得意忘形，毫不掩饰地嘲讽，"陛下，这不是珐琅，这是金器！"

路易十四恼羞成怒，回到那个又旧又暗的卢浮宫后妒火中烧，即命手下人认真查办，从此，巴士底狱里多了个贪污犯，潮湿阴冷的石牢里多了个传说中的铁面人，他所有的贵重家具、装饰品都归了国王。因自我膨胀过度炫耀，在"晒富"中自取灭亡的富凯，还勾起了忙于征战顾不上享受的路易十四的奢华梦，他动用全国财政收入的一半，发誓要修建一所世界上最豪华的宫殿。

凡尔赛宫于1660年兴建，占地111万平方，房间1300个，动用3.6万个工匠6000匹马，为确保建设顺利进行，国王下令全国十年内禁止所有新建筑使用石料，于1710年才全部完成。它果真成为了欧洲最大、最雄伟、最豪华的宫殿，也成为当时欧洲贵族趋之若鹜的活动中心。极具讽刺的是，主体工程刚建成，路易十四迫不及待就搬了进去，可是直到死也没见到王宫全貌，而凡尔赛宫全盛时期，宫中居住的王子王孙等人竟达36000名之多。还有百人瑞士卫队，6000名王家卫队、4000名步兵和4000名骑兵。

二

历史的逻辑和思维的逻辑总是惊人的相似。

在中国，沈万三故事可谓家喻户晓，聚宝盆、金马驹的神奇那是妇孺皆知。《周庄镇志》记载，"洪武时，富民沈秀者助筑都城三分之一，请犒军，帝忍曰：匹夫犒天下之军乱民也，宜诛之。后谏曰：不祥之民，天将诛之，陛下何诛焉！乃释秀，戍云南。"

估计沈万三自己也没想到会富到如此地步的吧？聚宝盆当然是荒唐之说，但从耕读之家勤俭为本开始的原始积累，以及通过海外贸易迅速成为"资巨万万，田产遍于天下"的江南第一豪富，才是事实。据《吴江县志》载，"沈万三有宅在吴江二十九都周庄，富甲天下，相传由通番而得"。著名历史学家吴晗也说过："苏州沈万三一豪之所以发财，是由于作海外贸易"，不管怎样，富豪大概也明白树大招风的道理，所以试图以主动请缨的方式来保平安，但他没想到，资产比皇帝还多，生活比皇帝还舒适，政治家和富翁之间的关系就颇微妙了。

朱元璋要定都南京，沈万三决定助筑都城，朱元璋封他两儿子为官，本为好事，但他还在南京建"廊庑一千六百五十四楹，酒楼四座……"富则显，这是富翁的特点。据载，洪武二十三年，户部左侍郎莫礼回乡省亲，曾到沈家拜访。沈家所用的器皿皆金银，以刻丝作铺筵，紫定器摆了十二桌。每桌还均有设羊脂玉二枚，用来放筷子，以免筷子弄脏了刻丝；行酒用白玛瑙盘，有斑纹及紫葡萄一枝，称作五猿争果，都是至宝。莫礼看罢，不由感叹，"呜呼，一钗七十万钱，前辈以为妖物，与祸相随。今观沈氏之富，岂止一钗七十万而已哉！其受祸宜也！"

泰极否来，巨大的财富带来了巨大的祸端，在朱皇帝眼中，富可敌国就是罪过，全部归"公"才是本分。结局呢？沈万三最感谢的人马皇后，不然，哪有他寄身云南之理？但之后数十年，沈氏一族经过几次清洗，被湮没地无影无踪。据说，沈万三的水冢就在周庄镇北的银子浜底，非常坚固。可惜再坚固，也不如寻常人家世代子孙繁衍，享祀年年。

三

前面说过，路易十五时，在遥远的东方，一个叫大清王朝的国家，也出现了一个富可敌国的人物。和珅的命运和富凯何其相似，都因贪得无厌和财产过多最终被灭亡。如果说他们完全称得上罪有应得，那么沈万山呢？他和他的故事加上演绎成分，千百年来平衡了穷人的心理，警示着富人的骄奢：富贵可带来荣耀，更多带来的是灾祸。

摸摸墙面上的金银丝线，看看"A TOUTES LES GLOIRES DE LA FRANCE"（法国的荣耀）几个字母，心潮澎湃。耳畔传来其他队导游的介绍：凡尔赛宫是路易十四为自己修建的皇宫，是世界五大宫之一。和北京故宫、英国白金汉宫、美国白宫、俄罗斯克里姆林宫并为世界上最豪华盛大的皇宫。

走出凡尔赛宫，天气闷热，坐在大门口的矮凳上休憩，我仿佛看见路易十四临终前，将5岁的曾孙路易十五拉到身边说："我的孩子，你将成为一位了不起的国王。不要像我一样喜欢建筑和战争。相反，设法与你的邻居和平相处。给上帝你所应该给的。总是遵循好的建议。设法免除人民的痛苦，而这正是我所没能做到的。"

这个掌管了法国54年的矮个子国王，和康熙一样，尽管一生文治武功威名赫赫，却没预料到孙子（路易十五）才不管他的遗言，用"我死后，哪怕洪水滔天"来报答。而热衷于制造锁子的曾曾孙路易十六（路易十五之孙），最终被造反的人们处死。那用黄金打造的宫殿，被愤怒的平民洗劫一空，连宫殿门窗也被砸毁拆除．

黄金和权柄，哪个更牢固呢？

凡尔赛不语，在阳光下，静静矗立。

卢塞恩的黄昏

一

过了马路，再往前几十步。绿树环绕处，便是个小公园。微风拂过，刮来几丝凉意，安静极了，甚至有些凄怆。

一汪绿水怀抱着浅浅的石池。水面上几片红树叶打着旋。绿水泛起层层涟漪，清晰地映照出一个石像。

一只石狮子。一只斜躺在石墙上的狮子。一只受伤的狮子。一只濒临死亡的狮子。

毛发软塌塌挂在皮肤上，尾巴蜷缩成圆奄拉在地上；一只前腿无力地伸出，一只压在身底；巨大的头颅略向一边斜，眉头紧锁眼神涣散；一根长茅戳在右爪上，一根从背部深扎进去。庞大的身子忍受着极大的疼痛，眼中流露出无助哀戚。头顶上一个圆形的瑞士国徽，底部一行拉丁文字赫然其上："献给忠诚、勇敢的瑞士年轻人"。

它只是一座浮雕，为那些替别人付出生命的年轻人而建的纪念碑。马克吐温说它是"世界上最哀伤、最感人的石雕"。的确，它表达的不仅仅是平常的痛苦，而是一个民族的耻辱。

镜头转换到公元15世纪，那时的瑞士，尽管拥有世界上最美的景色，但资源匮乏贫穷落后，加上战火连连受尽凌辱。为了生活，男人们不得不去做雇佣军，即从一个战场到下一个战场拼命，来赚取金钱。国家也出售雇佣军来谋取利益。瑞士雇佣军以忠诚敬业、勇敢善战、纪律严明，迅速赢得欧洲各国的青睐，人们争相购买。长达几个世纪，约有200万瑞士人为外国主子卖命，上演着同宗同乡在不同战场上为不同雇主自相残杀的悲剧。

1527年，法王查理五世洗劫罗马城，负责保卫教皇的其它国家卫兵临阵脱逃，只有149名瑞士卫兵血战到死，从此，教皇只用瑞士卫兵，一直延续至今。1792年，法国大革命，当革命党人冲进王宫，路易十六身边仅剩786个瑞士雇佣军队。他们英勇异常拼死搏斗，终因寡不敌众，全军覆灭，路易十六也被送上了断头台。这场战争震惊了世界，丹麦著名雕刻家伯特托伐尔德森于1821年为纪念他们而创作了这幅雕像。1847年，瑞士宪法规定不再向外派遣雇佣兵，宣称为"永久中立国"，至此160多年，再未参加过任何战役。

这支特殊的队伍也走向终结，成为历史。

尽管雇佣军已消逝，但他们以鲜血生命昭告天下：职责高于一切！忠诚是最可贵的品质！一旦承诺，毕生固守，这种思想和行为方式，永远闪耀着人性的光芒、人类的高贵。

二

历史是一面最好的镜子，映照出人类的狂妄无知与自私贪婪。瑞士人用沉痛的经验教训证明：无论身处多么如画的家园，一旦战争，地狱便敞开了大门，和平才是人类希冀的天堂。

从雇佣军血腥历史中走出来的瑞士，永远中立，避过了两次世界大战，埋头发展经济，成为最富裕的国家之一以及世界旅游的推动者和受益者。钟表业、高级珠宝、巧克力、精细化工、银行业……成为这个国家的标配。占有得天独厚的山水之胜，获得了更多的生机；中立的态度，使人民有充足的时间休养生息；拜伦、雨果等文人的不断来访、大力传扬；他们严守秘密的银行管理措施，吸引着全世界资金；一批经过严格训练的旅游管理人员，尽职尽责。

富裕是表象，这个民族值得敬佩的除了忠诚勇敢、富足优雅、精细严谨、一丝不苟，还有对普通人的尊重，对生命个体的尊重。在街头，我看到无数默默排着队的人；在超市，男人会向每位妇女点头微笑，替她们掀开厚重的木门；在鞋店，帅气的店员跪下来，为客人试穿鞋子；在雪山，满头银发的老人微笑着，彬彬有礼地分发滑雪用具。地铁火车从不误时，哪怕一分钟；产品质量从不做假，哪怕是一只小小玩具。

瑞士老龄化严重，到处是兢兢业业工作的老人。公交车上的司机、咖啡店里的店员、缆车上的工作人员，一个个银发飘拂，步履坚定，认真负责地工作着，体面尊严地生活着。下午五点，下班时间到了，所有店铺都关了门，整个城市沉浸在静寂和谐的氛围中。

世界上近二百个国家中，瑞士和奥地利、瑞典、芬兰、爱尔兰、哥斯达黎加、土库曼斯坦同属中立国。它于1815年在维也纳会议上签署了协议宣布永久中立，郑重承诺不主动发动战争，不参加其他国家之间的战争，并得到国际了社会的承认，但二战时，越来越多的证据表明，这个中立国不仅仅在经济上对德国给予了帮助，而且对犹太难民的间接迫害更让人不齿。

瑞士为什么"助纣为虐"，屈从于希特勒？因为历史上瑞士曾是德意志神圣罗马帝国统治下的一个小国。希特勒上台后，纳粹德国把瑞士人称为"在瑞士的德国人"，公然把它囊括在疆域内。面对法西斯的野心，瑞士当局权衡利弊后，选择了一条屈从迎合之路，演出了历史上最不光彩的一幕：

不但给德方提供贷款，出卖电力，钟表厂供应其精密零件；苏黎世的军工厂还提供高射炮，成为应付盟军空袭的重要防卫武器。将贯穿阿尔卑斯山脉、具有战略意义的圣哥大隧道向德意开放，使满载战略物资的火车不断穿梭；拒绝帮助受迫害的犹太人，银行侵吞犹太人财产，还和纳粹德国进行黄金交易，赚取巨额差价；纳粹通过战争掠夺来的巨额财产，相当一部分存在瑞士银行……

二战结束后，联邦政府对这段历史进行了深刻反思。1995年4月3日，外交部长科蒂代表政府，为瑞士在二战中的表现作出了道歉，这一做法赢得了国际社会的普遍赞赏。

当历史的尘埃落定，当恩怨情仇落幕，当我们跳出政治、阶级和国族的局限，更客观地来评价瑞士。这个天赋壮丽自然景色的国家，这个世界上最繁忙的旅游胜地，政治稳定，社会安定，人民安居乐业，堪称人间天堂。

三

池水微晃，风移影动，树干不语。突然身后传来低低说话声，回头见一对老年夫妇手挽手站在身后，满脸肃穆。男人高大肥胖，几根白发微微晃动；女人低头默哀后，将美丽的花朵放在池畔。他们微笑点头，又互相搀扶着，蹒跚而去。

四野又恢复了阒然，一阵凉风拂过，冷意顿生。沿着寂静无人的小道返回，又是人声鼎沸的闹市。再次混迹于茫茫人海中，如同穿越了一回古今，恍如隔世。

不远处，琉森湖边传来阵阵欢笑声、尖叫声。走过十字路口，眼前豁然开朗。蓝天、大地、高山、丘陵、湖泊、河流；游船、小艇、比基尼、孩子、摊贩；中世纪古楼，新时代大厦。

巍峨险峻的雪山，苍翠碧绿的草原，碧绿的湖面上清波荡漾，星星点点的白帆迎风飘荡，绚烂五彩的夕阳照耀水面，犹如诗画梦境。我坐在岸边石阶上，闭眼享受这安然的时刻，甚至设想在如此美景中结束生命，也不失为一种最好的归宿。

白昼就要流逝，夜晚悄悄靠近，橙色晚阳罩满全身，浑身暖洋洋。湖边草地上，很多人躺着看书坐着聊天。一个家庭在野炊，黄裙主妇摆弄着花布上的面包牛奶，父亲在前面跑，孩子跟着叫嚷。斜斜的夕阳下，和平的日子，那么温馨温暖……

卢塞恩的这个黄昏

在绿水荡漾的异域公园

我凭吊一只长眠的狮子

它死于几个世纪前

那时，整个世界流行着死亡……

江南听春

清晨，细雨霏霏，温润的石板路上，没一个人。小镇，沉浸在灰白雾气中，如在丝绸上勾描了淡墨重彩。小桥，默然静立，一双慈爱的眼，凝视着远处的薄云、近处的房屋。流水潺潺，从脚下温柔穿过，恐怕惊醒酣梦人。

一撸乌篷从画中走下，缓缓驶近，咯吱咯吱声，搅动了天地宁静，惊醒了早起的人。

褐衣老人，身影清瘦，一左一右，一俯一仰；船头碧绿的青菜，嫩红的萝卜，精灵模样，一颤一动，一摇一摆。黄衣少妇提着米萝，走下埠头，将一撮白米沉在水里，一伸一提，然后袅袅婷婷，走上台阶，走进草屋。一会儿功夫，炊烟袅袅升起，满街飘着粥香。

晨起忽忆旧时梦，暂过江南春风中。

正午时分，太阳高悬，衣服被晾晒在竹竿上，长袍短褂，花红柳绿，满满的春意。行人熙攘，嬉闹声盖过水声，一波波的热闹。矍铄的老人，水烟握在手中，眼睛看着对面，身边的木板上，菱角红嫩，汤团奶白，腊味酱紫，糕点翠绿。隔壁店铺里的衣服也是画中模样，白的长，粉的短，大红葳蕤，鹅黄纤美。披着长发的女子，玫瑰色长裙掠过，高跟鞋就踩出节奏来；挽成发髻的少妇，手握奶茶，站在桥头，看着水中粉嘟嘟的自己，和同样粉嘟嘟的小女。

巷口站着谁家的小火炉，火燃在炉上，锅卧在火上，油蜷在锅里，菜躺在案板上，皓腕伸过，哗啦一声，香气就窜出一条街，窜过桥亭，散到甜丝丝的空气中去。

古色古香的饭馆里，人们一面用眼前糯甜的女儿红、鲜香的饭菜、绿油油的莼菜、白嫩嫩的鲈鱼喂饱肠胃，一面用鲜花、柳絮、白云和桥洞喂养眼睛。嘴里咬着春，眼里看着春，满口留香，满眼留香。尔后，酒饱饭足，静静坐着眯起眼睛，盯着水面上倒影，和岸上的人。

闲时静看春事，小窗坐听东风。

屋头的灯笼次第亮起，黄昏就来了。朱门大院，深深巷道，丝弦萧笛响了起来，随着节拍，咿咿呀呀。红男绿女演绎着帝王将相、才子佳人的故事，诉说着富贵浮云的变迁。一声声，都是戏里人生；一弦弦，俱为过往烟云。惟有河中流水，水边青苔，一瞬千年，千年一瞬。

露头清风明月媚，灯下且看杏花飞。

夜凉如水，月上西楼，道院的梵音响起，人们陆续走回卧室，走向归宿。惟有小河流水，淙淙作响，拍打着梦里的游子。母亲的炕头，妻儿的微笑，渐渐入梦。

孩儿在这里，母亲在哪里？母亲在远方，孩儿带着思念，在周庄的梦里，留下您的影。

古镇配古桥，梵音听晚声。

清晨　穆家沟的味道

一

拴在门口的黄狗安稳地躺着,从出生起,它就知道自己职责是看家护院。有声音远远传来,它陡然惊醒,竖起耳朵听了听,马上跳起来汪汪,只一会儿,见车队从弯路上拐过来,就使劲儿叫:家里来人了。

一瘸一拐的主人,从狭窄的门里迎了出来,笑容可掬地候着,还呵斥了几声。黄狗才发现,来了好几辆车呢。车上走下来很多人,问候说笑声盖过了自己的嚷声,就不好意思地住了嘴,低头用鼻子闻闻,转着圈圈,摇摇尾巴,羞赧地回到窝里。

山坡沟洼,顿时像撒了些黑豆。偌大的村子沉寂了很多年,从没见过这么多人这么多车,一下子醒了过来。不过它很快发现,这些人和村里人不一样,不抽烟喝酒,也不吃饭闲聊,下车就开始忙活。有的抬着米面油,有的拿着笔记本,有的抱着宣传册,有的手握着相机;有人爬山下洼，有人走村串户，有人对着山墙院子拍照，有人到牛圈驴圈里看，边笑边说着听不懂的话。

二

最让老牛想不到的是，他们还来看自己。一条圈养的牛，有什么可看的？

生养了几个小牛的任务完成后，它老了，常常卧在地上，高大的身子蜷成一团，双目微和，嘴角蠕动，不一会儿就昏昏欲睡，做着属于自己的梦。梦里，一大群子孙在悠闲地吃草，两只小牛在抵角，背景是无边的田野，翠绿的高山，一条溪水细长蜿蜒，环绕而过。

它听见一个人对另一个人说，这里虽没信号没网络，但也无污染也无嘈杂，淳朴天然，简直就是个世外桃源嘛。

嗯，最适合养牛养羊了，所以咱的扶贫思路就要围绕着养殖业来开展。

三

雨水曾是这里最缺的东西，可现在退耕还林了，老天动不动就喷洒一番，将焦烘烘的黄土味儿压下去。

雨是那么绵长，那么富足，从中午一直下到了黄昏。大地经过浸泡，如奶水充沛的乳房，饱满软和，暖烘烘甜丝丝。傍晚时分，终于停了。

头顶便扯起了一层雾。雾是白的，一会儿就遮盖了远山近村、田野河流、小路树木。

厨房里人影散乱，热闹非凡，洋芋馍馍刚从锅里铲出来，咸香甜香四散开来；几个甘蓝被切成细条，红辣椒青辣椒也切成细丝，洒上盐倒上醋；小米稀饭和大笼馍馍，热气腾腾，一顿简单的饭菜就端上了桌。

冒雨忙碌了一天的扶贫人，一人一碗，抢了在手。有年轻的女人看了看，眉头皱了皱，但尝了一口后，就大口大口吃起来，连连赞叹。大鱼大肉吃多了，味蕾被麻辣火烫刺激地过久，这清淡可口的饭菜，赢得人们一致青睐。

四

夜深了，原野里一片漆黑，一丝灯光都没有。雨打着房檐，淅淅沥沥，山和树、院和狗、羊和牛都睡了过去，真正的万籁俱寂。

几头牛在圈里，不停地喷着响鼻。雨天的夜里，它们更可以心满意足地休憩了。生活在山大沟深、路弯道窄的村庄，以前人是离不开大牲口的，许多活计还需要它们去帮忙，如犁地拉磨、耕种驮拉，现在已没多少重劳力的活儿干了，基本上就是吃吃喝喝。

如今，日子好得很啊，老牛惬意地反刍，看着眼前的雨，远处的狗，头顶的木椽，吃饱喝足了，眼神就开始涣散，大眼睛半开半闭了。

突然，它被惊醒了，看见一些拿着伞、蒙着塑料布的人跑了进来，浑身都湿透了。一会儿，院子里传来喝水声讨论声，有人解说有人赞叹。老牛竖起耳朵仔细听，他们在干啥呢？嗳，不管干什么，也辛苦哇。反正自己该睡觉了，还有睡梦等着自己呢。

醒时劳作，梦中逐梦，老牛如此，人也亦然。

五

才六点，人就醒了。

从窗口望出去，便是北山。赭黄色的山和山顶上废弃的古堡，悄无声息地立着。一天一夜的好雨，他们被滋润成顺眉顺眼的小媳妇，根本不像西北硬气爽朗的汉子。山顶扯起了云，一会儿浓一会儿淡，堡子头上就罩着一顶羊皮帽。云像被谁拽着的灰色画布，呼啦啦飞远了，顾不上堡子的问答。

人们呼啦啦爬起来，说说笑笑，洗漱收拾。

院子里一丛马兰，急忙挺直腰身，拉拉衣袖，抿抿头发，对几朵刺玫花说赶紧站好，有人看咱呢。

刺玫瞅着那么多人，惊讶地想：这真是从来没有过的稀奇。在荒凉的窑洞前自己年年开花，年年枯萎，没人会在意一朵花的荣枯。也不知今年有啥事，隔着天就来些人，来了还做着干那的，偶尔会给自己拍个照。

它们急忙摆好姿势，互相瞅瞅，笑出声来。呀，原来咱也可以这么美！接着就笑出了声。银铃般的声音，在西海固一个叫穆家沟的大院里回荡。

六

吃完早饭，人们走出大门，准备开始一天的忙碌。

真好闻啊！圆脸的女青年忍不住仰起了头。

清晨把各种味道都喊了出来：土腥味、青草味、庄稼味、榆杨味争先恐后，鸡、狗、驴、羊、牛、驴的膻味凝成一片，再加上烟囱冒出的柴禾味、饭菜味，混搭在一起，一村一川，就串了味。

一个村庄有一个村庄的味道。曾经年轻的人们，从乡村纷纷走出去，被搁置在一个叫做城市的地方，去奋斗去努力，渐渐少了烟火人情味，而记忆深处的那些味道，妈妈的，乡村的，原野的，黄风的，一齐跳跃。哦，原来它们还在这里。

扶贫组的老组长说起话来，不但总是文绉绉，而且一语中的：是啊，这偏僻的山村，有喧嚣时代没被熏染过的原汁原味，也有被遗忘抛弃的蛮荒贫困味，如今，又多了被关注、被帮扶的共同发展味。我们的任务，就是要让所有这样的山村，都要摆脱贫困，芝麻开花节节高。

山路上，到处是水洼。有人滑到在地上，有人跌进了泥坑，不过，他们都没气恼沮丧，反而笑着说：脚下沾有多少泥土，心中就沉淀多少真情。

笑声飞出去，打了几个滚，盘旋在雨后粘稠的空气中。

孔门家训

  色彩鲜艳、图案醒目的屏风伫立在孔府内门里。

  鱼贯而入、嘻嘻哈哈的人群，边凑近看边听导游绘声绘色地讲解，猜猜这叫什么？大家摇摇头，谁也不认识。

  这就是传说中的"犭贪"（"贪婪"），一种独角神兽。据说胃口很大什么都吃，吞食完仙界中的奇花异草、珍禽瑞兽后，又到人间吞食金银财宝，后来，看到太阳从东海冉冉升起，又想冲过去一口吞下太阳，结果跌进海里淹死了，也是成语"贪得无厌"的原形。人们倏然肃静、神色凝重，围绕在这幅图前，饶有兴趣地听，颇怀深意地看。

  一脚迈进圣门，仿佛穿越时光隧道，从现代坠入了远古，从文明步入了洪荒。一临近杏坛，仿佛融入了三千弟子中，目睹着先师容颜，聆听着圣人大道，感受着儒学之风范。

  是的。我在孔府，在山东曲阜孔子家乡，又称"衍圣公府"（衍圣公，是孔子嫡长子孙世袭的封号，始于1055年，历经宋、金、元、明、清、民国），是孔子嫡系长期居住的府邸，也是中国封建社会衙宅合一的典型建筑，有"天下第一家"之称。

孔子逝后，子孙便世代居此看管遗物，随着后世官位升迁、爵封提高，孔府不断扩大，历经宋、明、清到现在规模，占地约7.4公顷，有古建筑近500间，分前后九进院落，中、东、西三路布局，是我国现存唯一较完整的明代公爵府。

这拥有皇家特权的贵族府第，宽阔浩大，井然有序，景观布局、文物陈设不但包含着儒家思想，且处处彰显和谐均衡的中庸之美。

穿"圣府"大门，直到"重光门"，漫步六厅三堂，走过红萼轩忠恕堂。天气真热，人们在五君子柏下乘凉聊天，坐下观景。

孔子一生，可谓是时运不济，命运多舛了。3岁丧父随母生活，因家境贫寒，做过管仓库的"委吏"和管牛羊的"乘田"。但他虚心好学，曾问礼于老聃、学乐于苌弘、学琴于师襄，30岁已博学多才，成为有名气的学者，并开始收徒授业，开创了私人办学之先河。35岁时，因鲁国内乱而奔齐，不久又返鲁。51岁任鲁中都宰，54岁受季桓子委托摄行相事，提出"堕三都""抑三桓"主张，均遭到反对，未能成功，遂弃官离鲁，带弟子周游列国，寻求施展才能机会，终无所遇。后来回到鲁国，虽被尊为"国老"，却仍不得重用。他不再求仕，集中精力从事教育及文献整理工作，弟子三千，通六艺者七十二；先后删《诗》《书》，订《礼》《乐》，修《春秋》。73岁时，最得意的弟子颜回早逝、子路死于卫国内乱、儿子孔鲤亦早逝，他备受打击，临终前手拄木杖，身依柴门，长息曰：梁柱摧乎！泰山坏乎！哲人萎乎！言罢悲泪长，凄然而逝！

斗转星移，沧桑巨变。生前不被重用，逝后竟身价百倍；被尊为圣人，思想被奉为圭臬，后辈被分封爵位，府邸栉次鳞比，香火鼎盛绵延，如他九泉有知，定会百感交集吧。

圣人生前，居住的屋子也只有三间，从不知亭台楼阁为何许，也不知后花园为何物。他一生重道义轻财利，认为对物质利益追求要合乎道

156

义，物欲追求超过一定限度就会殃及其身，并以"君子喻于义，小人喻于利""君子爱财取之有道"来规范自己的行为，但以"志士不饮盗泉之水，廉者不受嗟来之食"自勉的圣人，无论如何也想不到，后辈儿孙居然忘了"见贤思齐焉，见不贤而自省"的训导，真出了个贪官？

孔弘绪，六十一代衍圣公，3岁丧父，由母王氏抚养，世袭贵胄，聪敏不凡。明景泰六年，祖父孔彦缙去世，因父早逝，8岁的他便被袭封了衍圣公。袭爵当天，代宗帝见他还梳着发髻，便命宫人把他头发剃掉，拟作成年之礼，意已成为国之栋梁，要担当起社会责任来。同时，还赐给他玉带及"谨礼崇德"金图书印。皇帝因其年龄幼小，又下敕书，告诫他要遵守先祖圣德，"修身谨行，以孝悌为先；力学亲贤，以诗礼为本"，以和睦尊敬对待家人，以仁慈厚道对待乡党，尤其要"毋骄毋傲，惟俭惟良。庶无忝于宗亲，且有光于朕命。"。

但孔弘绪成人后，生活越来越优越、权势越来越大，私欲越来越膨胀，没了"修身谨行"的谦卑和定力，渐渐失去约束。明宪宗成化五年，因他所为多"过举"滥杀无辜，被南京科道弹劾，夺爵为庶，由其弟弘泰袭爵位。做了15年的衍圣公被贬平民，使祖先蒙羞辱，为世人所不齿，令后人以为戒，这个教训极为深刻。

我摸着这高大厚实、檀木镶嵌的屏门，图中那外形俊美、体格矫健的动物，狮头、鹿角、虎眼、麋身、龙鳞、牛尾，脚踏青云朵朵，身背仙界中宝物，却目不转睛地盯着太阳，张开血盆大口，一幅贪得无厌的嘴脸。这个夸张的图案，象征的涵义，值得人们时时警惕。据传从孔弘绪起，孔门便依先祖遗训，制作了这块屏风，并请人画下"贪婪"图，立在孔门子弟每天出入必经之处，同时也给后代留下了一个特殊家规：

凡衍圣公们外出路过此屏，跟班差人必须大声喊："公爷过贪了"，一方面是向外通报行程，一方面是告诫子孙做人不可贪得无厌，为官不可贪赃枉法，一定要秉持厚道的家风和清廉的形象。

专卖孔府旅游品的商店，人头攒动，熙熙攘攘。翻印的暗黄色书册摆满柜台，碑石拓片悬挂四周，小戒尺小镜子排成几行，刻着名言警句的书签竹简成捆堆放，以"礼门义路家规矩""恪守诗礼传祖训"的后辈，抓住人们希冀沾圣人之光、承儒家之训的心理，大发其财。

而对面的家训馆却人迹罕至，几分凄清。我走进去，年老的解说员马上跟上来，说这里收藏着百家姓的各种家训，孔门家训列在首位，其余皆制成碑石拓片，用红木方框装裱，悬挂于墙面。

一缕阳光照进来，反射在玻璃框上，熠熠生辉，诸葛亮《诫子书》、嵇康《家诫》、西晋杜预《家诫》、陶渊明《命子》《责子》等著名家训，皆在其中。影响深远的南北朝颜之推《颜氏家训》、宋司马光的《家范》、明末清初朱柏庐《朱子治家格言》，均有版本。

抱着一堆古朴厚重的家训，我来到出口。夕阳西下，古色古香、青瓦白墙的孔府也恢复了往日静谧。一阵风吹过，树叶簌簌作响，再次翻开《论语》，感知圣人博大深邃的思想，不禁倍加崇敬。

"不义而富且贵，于我如浮云"，他对富贵的态度，有底线有原则。"富而可求也，虽执鞭之士，吾亦为之。如不可求，从吾所好"，这是向后人表明，富贵诱惑极大，追求不慎将会身败名裂，应引以为戒。

"君子有三戒：少之时，血气未定，戒之在色；及其壮也，血气方刚，戒之在斗；及其老也，血气既衰，戒之在得"，他借言警示后辈，"贪"与"贫"都和财物有关，结构虽近似，但一点之差，结果谬以千里，"贫而乐""守道不移"才是真谛。

人世间，欲壑难平、贪得无厌造成的悲剧历史上从未间断，现实中也数不胜数。可惜，这些肺腑之言、谆谆教诲，又有几人铭刻在心，时时为戒呢？

但愿我们闲暇时，多读读孔门家训。

路遥故居念路遥

阳光干裂焦躁，土腥味从车窗缝隙蔓延过来。人们走下车，不由眯眯眼，眉头皱了起来。

暮春在延川，几乎不见春天的影。山依旧光秃秃，岭照旧寸草不生，干旱在这里延续了几千年，早已生成了固有的贫瘠温厚。说实话，这片土地对我没多少吸引力，因为相距几百公里，就是我的家。

当飞机落地，走出延安机场，当四处张望的人慨叹黄土地如此博大荒凉，当江南同学一再惊讶这样环境下人如何生存时，我背过身瞅瞅略显陌生的山川沃野，眼眶发热。不远处，我的西海固，有同样的地貌人情，有再也熟悉不过的干山土岭，但也忽然有点莫名羞怯，甚至有家贫不能待来客的羞赧。

这一路颠簸五六个小时，跋涉千山风尘仆仆，是为一个人而来。阳光在四处游走，人们在四下里张望。眼前的建筑高大肃穆、沉静硬朗，黄土颜色，寂如窑洞。有个雕塑立在门前，是他留给世人常见的形象，抱臂，夹烟，远望，沉思，和"路遥纪念馆"几个大字融为一体，定格为特写。

　　环纪念馆一周,年轻的讲解员不断介绍路遥创作成就——《人生》《平凡的世界》以及获得的各种奖项,用沉重缓慢的语调,一再强调他"短暂而辉煌"的一生。声音空荡荡,在偌大厅子里衍射开来,人们悄然无声,簇成一团,走过一张张照片、稿纸、文件。

　　画面似乎流动起来,少年的、青年的、中年的他由瘦到胖、由单薄到健硕、由青涩到老成、由意气风发到床榻病危,一个才华超众、略带羞涩、永不甘心的人伫立墙面,凝固于令人遗憾的时空,看着身边的人,远处的景。

　　岁月冉冉,斯人已去,《平凡的世界》给予我的影响,不仅仅是一种阅读体验,而是强烈的吸引深深的震撼。我整个成长成熟的经历中,它的作用绝不能低估。我甚至把它当作个人奋斗的范例学习模仿,用以度过那些自认为非常艰难的日子。

　　记得从同学手中拿到那本书,书边已卷起来,封面也掉了颜色,脏乱不堪,他非常牛气地说,只借给你一个晚上,但我还是在昏暗的灯下,花费了一些时间,用牛皮纸认真包了书皮,还用砖头包了卫生纸压在上面。待书本平展干净、体面尊贵后,才小心翼翼地翻开。

　　一夜无睡,也睡不着,那时只会读故事看情节,可还是一口气读完。春秋冬夏,季节流转,特殊年代特殊环境下,一个个人物起起伏伏的命运,一个个自然平实的故事流淌了出来。作者娓娓讲述着平凡的世界里、平凡的人们平凡又不平凡的人生经历。我随着他们——孙少平孙少安润叶金波们,时而悲伤时而欢笑,时而激动喜悦时而难过神伤。那片遥远又熟悉的黄土地和我的家乡多么相像,那些朴实勤劳的人就是我身边亲人朋友同学的翻版。他们和我们一样,为了馒头为了学费为了生存为了尊严,在饥饿与贫穷中挣扎,在无奈和无助中奋起。

　　再后来读它,已是自己的藏本了。记得工作后的第一个月工资 97

块钱，但母亲给我的零用钱只是零头。某个周日，我拿着自己积攒的所有积蓄，坐着拖拉机到县城，先到新华书店买了三本平装的《平凡的世界》，后又在商店买了一件花衬衣，最后没钱吃饭了，只能吃了碗凉皮。回家路上，看一眼包里崭新喜气红彤封面的书，再看一眼粉黄相交的碎花新衣，真是心花怒放，喜形于色。

此时，这部关于人性人生、生活情感的宏篇巨著，在我心中已上升为一种苦难哲学。孙少平这个对苦难有深切的认识、对生活有深邃理解、对精神世界有深刻追求的形象，已转换为前进路上的一种动力，一种诉诸行动的理想，一种生命的意义。我在笔记本上摘抄下这些句子，"在最平常的事情中都可以显示出一个人人格的伟大来"；"人的痛苦只能在生活和劳动中慢慢消磨掉。但朋友，没有什么灵丹妙药比得上劳动更能医治人的精神创伤"，用来勉励自己。其时，还读了老鬼的《血色黄昏》。当看到雪天在外伐木的他，夜半回到连队，食堂里只有一个冻硬了的玉米窝窝时，眼泪簌簌而下。

这些理想主义的践行者，用近乎残酷的方式、非凡的毅力，身体力行了他们关于人生的宣言，"连伟人的一生都充满了那么大的艰辛，一个平凡的人吃点苦又算得了什么呢？"

现在，这个陕西省清涧县石咀驿乡王家堡村名叫王卫国的人，以雕塑的方式，立在这里。

许多细节都值得仔细咂摸：当年写《平凡的世界》，当画上最后一个句号，他看到自己满头的白发，憔悴的面容，哭了起来。他曾经向朋友张口，"我实在穷得可怕，你认识那么多企业家，能不能帮我找一个经理厂长，我给人家写篇报告文学，给我挣几个钱"。朋友问他写一篇报告文学要多少钱，"5000吧！这是我第一次卖自己的名字给别人……"；可是惟一卖了自己名字的一篇文章发表后，他就病倒了，而且再也没爬起来。

耳边，回荡着那些伟大的词汇，"他用自己的生命和灵魂造就文学丰碑、精神丰碑，他用自己的执着弹拨了生命的绝响"，不知道为什么，只觉得心里疼得慌。

隔着一条马路，缓缓高坡上有个院子，一排窑洞很安静，门口几颗干瘪辣椒、几串干透了的玉米穗、一把用红丝带捆扎着的扫帚，都在表明，这个曾多么热闹和谐的家，如今却没了主人的踪影。

在这小院里，他不过是一个丢在黄土高坡上从不被人注意的放羊小伙，因为家境贫苦过继他人，有生父母养父母，放过羊挖过野菜挑过窖水；睡在土炕上遥想过外面的世界，和千千万万黄土地上年轻后生一样，不甘心就此度过一生。他选择拿起笔来写字，一页一页，一章一章，一部一部，企盼以此来改变命运，过上另一种生活。

窑洞里，大花的被褥枕头，色彩艳丽；墙面上，有个相框，摆放着各种照片，叫卫国的孩子眯着眼睛，在镜头前正襟危坐。土炕和锅灶连在一起，一个舀水的铁马勺孤零零躺在锅盖上……这些物件，像一棵棵树长在记忆中，任凭人们去推想真实的路遥。

真实的路遥是什么样呢？对面纪念馆内的一个角落，有根据真人制作的蜡像，栩栩如生。披长风衣，依旧抱臂，夹烟，遥望，沉思，忧郁，寂寞，孤独，不是讲解员口中夸张渲染的大人物，只是一个希望功成名就出人头地，希冀通过自我奋斗掩盖内心悲愤无奈、驱逐浓烈自卑自艾的普通作家。

看过很多关于他的纪念性文章，贾平凹的最动人。他回忆了很多细节后有个准确评价：路遥是一个大抱负的人。文学或许还不是他人生的第一选择，但他干什么都会干成。他的文学就像火一样燃出炙人的、灿烂的光焰。现在，我们很少能看到有这样的人了。

是的。现在我们几乎没有这样的人了：执着，激情，向下看，默默走。更多人在担心，如果他生活到现在，会怎么样？会不会和很多人一样，成为名牌商品，身价百倍；会不会在彻底摆脱穷苦困境后，忘记了写作的初衷；会不会在安享超级荣耀与尊崇的同时，成为功名的机器？因为以他的实力，完全可以成为大小漩涡的中心。

我相信他不会。他对真善美的书写，对写作的态度，对文学的痴迷、深切的感知能力和清醒的洞察力都不会使他迷失，但他会无语。会发现自己哑巴了，无法向别人诉说；自己瞎了，因为无法被看见。在所有的话语中，他会发现自己属于踽踽独行于特殊语境的那个。也许是上天眷恋才子，所以才没安排这种机会，让他带着种种遗憾与缺失离去，尽管这样的方式太过残忍。

有人走过来，对我说，羡慕吧，每个作家都应有的纪念馆情结。我没说话。有时候，无语便是态度。

又有一车旅行者到来，院子里顿时熙熙攘攘。路遥，已成为一个名词，被搁置在书本电视里，被口口相传多次演绎，被遗忘后翻新出别样的色彩，被肤浅时代无数次娱乐消费，而那个人，肉身的人，精神的人，永久归于尘土大地。

除了缅怀，还有尊敬。

街头忽见马一匹

　　在等绿灯时,我看见了它。
　　这是一匹真正的马。身姿挺拔,高大结实,皮毛光滑。紫黑鬃毛,在风中摇摆飘拂,流水般温柔。却被套在卖水果的大车里,不时交换着前后腿,打着响鼻,大多数时间都低头嗅闻马路,间或抬头瞅瞅马路上匆匆而过的行人车流、看看不远处的灯光高楼。城市的夜晚远比白天华丽非凡,像极了精心打扮的风尘女,浑身散发着虚假诱惑。
　　绿灯亮了,身边的人脚步飞快,蜂拥走过。我走了几步又返回来,一时不知身处何地。京城街头,这样的时段,这样的场景,的确有些虚幻荒诞。
　　再一次看去,原来是个流动的水果店铺。卖水果的夫妻被军大衣包裹地严严实实,和一车粗糙丑陋的菠萝合为一体。女人端坐车尾,拿着手机不知呵斥谁,嗓门高语速快,一句也听不来,但能觉到的愤愤不平。男人略显木讷,既不大喊也不吆喝,只是对每一位停下来准备过马路的人点点头,报以真诚的微笑,用眼神询问。遇上有意购买的人,就迅速站起来，从脏旧的布兜中抽出一把利刃，一手提起菠萝绿辫，一手握刀刮皮，眼花缭乱中，一圈褐色坚硬的皮纷纷落下，鲜嫩的果肉露出来，水汪汪地诱人。

几年前，我在浙江嵊泗岛也见过这样的一匹马。茫茫东海，孤岛林立，奇石怪峰，陡崖深海，无比壮观。铁栏杆深嵌在石缝中，木制的栈桥盘盘而上，最惊险刺激的是中间有一段钢化玻璃栈道。面对脚下一览无余貌似毫无安全措施的高空路段，人们两股战战惊恐万分，有魁梧汉子甚至只走了几步，便脸色苍白晕了过去。其他人在导游一再鼓惑下，战战兢兢地迈出脚步。

同行的还有匹马。被人牵着，驮着沉甸甸的两大箩筐日用品，沿着悬崖边的窄路往上爬。到了玻璃路段，牵马的人蹲下来，拿出几片碎步，迅速把马蹄缠裹起来。此时海风四起，雾霾一片，峭壁将大浪狠狠碰撞回去，撕扯成水尘。马似乎有感应，面临脚下的万丈深海，惊恐地叫，徘徊不前，牵马人扬起细鞭，一下一下，打在它瘦硬的脊梁上。马试探着迈出一步，又迅速缩回了蹄子；人恼羞成怒，皮鞭雨点般落下。马终于长嘶一声，颤栗着往前走，一步一步，如履薄冰。主人打马时，有人嬉笑，有人观望，有人说，真够刺激。我沉默不语，说不清的悲伤。

童年少年时，我几乎没接触过这种大牲畜，关于马的记忆很少，倒是常常会记起语文课本上的《马说》，"世有伯乐，然后有千里马；千里马常有，而伯乐不常有"，不知道为什么，在街头看见这匹马，就想起了已作古的语文老师。

当年讲到"其真无马耶？其真不知马也"这段时，他忽然激动不已哽咽不止，在操场转几圈才恢复了平静，回到教室重新讲课。在我们眼里，他是一位吹拉弹唱无所不能、古文俄语张口就来的才子，可是这个瘦骨嶙峋的人，站讲台几十年，最终却因为没学历没文凭，半辈子带着顶民办教师帽子，就不能享受和公办教师相同的报酬待遇，即使他在学识人格敬业上无人比拟。乡村中学发福利，不过是一小车的土炭，几个冻得硬邦邦的白菜，几十斤被朔风吹绿了的土豆，在其他老师眼里根本不算什么，他们边挑挑拣拣边不满地漫骂，只有他，紧闭了木门，在屋里拉风琴，《三套车》苍凉的旋律，漫过冬天光秃秃的校园。

斑斓夜色里，我又想起那些文人笔下的那些马来。塞万提斯着力刻画过的游侠骑士堂吉诃德的那匹晦气的老马，吴承恩悉心描写过的唐高僧西天取经的白龙神马，拉伯雷不厌其烦勾勒过的巨人卡冈都亚的大牝马，李贺曾一口气写了二十三首《马诗》。布封最爱马，他说人类所做到最高贵的征服，就是征服了豪迈而剽悍的马这种动物。

而眼前的它，已完全习惯了身边的汽笛车流、人声鼎沸，它垂目颔首，安静不动。一匹马，本不属于甜腻的水果不属于马路，它属于草原大地、山川沃野；属于田地土路、长剑英雄。只可惜，记忆中的马厩荡然无存，能和人一起分担疆场劳苦、同享战斗光荣的机会也无处找寻……

第五辑　在呓语

当风脱下高跟鞋

当风脱下高跟鞋,仿佛梦想就轻轻落地,时光就这么走过去,我有些慌乱地,看着自己的影子。

月光从背后照过来,把我的影子压成了薄薄一片,长长短短,在冰雪残余的人行道上摇晃,一个人在寒意浓浓的夜里走回家,有点孤独。

有人说,孤独的人是可耻的,但是我愿意。愿意把自己锁进一座孤城,筑起城墙,和一本要费劲才能看懂的书,一支反复播放的歌,一部无声的老电影成伴。当然更多的,是和一排排文字为侣。

"风云三尺剑,花鸟一床书",年走远了,昆德拉的《生活在别处》放在枕边,人却睡着了,现实和梦幻不断交织,一个梦套着另一个梦。据说梦是没有色彩的,可是我分明记得野草打着滚儿,花朵对着蓝天,天上有和煦的阳光,风里有个穿高跟鞋的女子,长裙曳地,在草地上奔跑。

曾经,我的梦是明黄色的,无论是情爱还是恩仇,都希望自由自在,无所羁绊:骑最快的马,喝最烈的酒,爱最爱的人,有古龙小说的味道。

还有，和麦当娜一样大胆宣言，给我一双高跟鞋，我能征服全世界。

只有在莽撞无畏的青春，才会这样，说梦的人眉飞色舞，听梦的人满脸认真。上大学时，八个人的在宿舍，每天随着起床铃声响起，她们边穿衣刷牙边听我絮絮叨叨，边追问梦里的细节，批评梦里的人，惊叹梦里的荒诞。

少女时，琼瑶笔下的爱情就是最美的梦，蒙蒙烟雨把我淋得找不着北，蹙着眉在花下呆望，期待自己成为女主角。三毛的人生经历、个性张扬是楷模。一望无际的撒哈拉，脉脉温情的大胡子荷西，背起背包去远方的经历，流水般淌过青春的田野。

二十年前，迎春花黄灿灿的季节，我坐在冰凉的石阶上，和一个同学讨论读不懂的《百年孤独》，用各种术语来掩饰内心的羞怯。我们笑着说外国文学老师是一个瘦高的大舌头男人，他把"儿子"念成"俄字"；说自己向往的爱情，还有理想。当风穿上高跟鞋，梦就在白色的裙裾中飞扬。

二十年后，舍友聚会，嘻嘻哈哈，情意浓浓。告别时，姐姐一样的海虹隔着车窗说，真想再听听你的梦。她的车开远了，我的眼泪扑簌簌流了下来。

年长的好处，是圆融了达观了，其实也是识趣了，知道那都是小说里的情节，童话里的奢华。我开始变得很有秩序，很有分寸，会采用双方都不负累的方式去交往，把痛苦欢笑都藏在不动声色中，学会了波澜不惊。

从梦幻走向现实，脚步落在了地上，我脱下高跟鞋，换上平底鞋，也就不做那种虚无缥缈的梦了。平凡的日子里，没那么多的离奇故事和大起大落，人们都那么踏踏实实地活着，脚踏实地地走着，卑微如草但顽强不屈，隐忍坚信而永不放弃，被一张生老病死、悲欢离合的大网牢牢套住，和风花雪月关系不大，也和云端梦想无关。

直到某一天，我才发现在卑微与挣扎中，早已被搁浅在心灵的岸边。"生命中真正重要的不是你遭遇了什么，而是你记住了哪些事，又是如何铭记的"，马尔克斯《百年孤独》的这句话，唤醒了我。岁月之舟，不可逆袭，生命不可抗拒，生活别无选择，我的后半生已永远根植在前半生里。

浑浊的湄公河上，一个带男式宽沿帽的瘦弱女子在船头远望，孤单的样子那么凄凉。一辆黑色的老爷车在码头后面深藏，那是一个男人对一个女人的无言送别。白人女子和黄种男子间一段有始无终的情爱故事，淡到极致的悲怆，被杜拉斯写成了《情人》。河水裹挟着贫穷低贱，高贵美好，青春爱恋，凄凉别离，浊浪滚滚，哗哗地拍打着船舷。

生逢乱世历秋霜，张国荣的《霸王别姬》里，戏如人生，人生如戏的荒诞。时代的变迁，久远的故事，喧闹的世事，历经生死的人。虞姬甩着水袖，细碎的脚步绕着霸王，凄怆地说：大王，就把宝剑赐予妾吧。大王，就把宝剑赐予妾吧。眼神里是一个男人对一个男人的爱恨，然后香消玉殒，罗袂绝尘，一切归于寂静。

很多年前，写过一句诗：当风穿上高跟鞋，荡一船的凉月。

很多年后，轻声地说着：流年多少事，一霎光阴寒……

黄昏未至

一天中，最爱这时辰，午后五六点。

一进门，便脱掉裹得紧紧的衣裙，换了宽松的家居服，窝在沙发上。工作了一天，这是最放松的时刻。想想看，白日里应该完成的工作都已完成，其他人还没进家门，我且先享受享受这短暂的清净吧。

"滚滚长江东逝水，浪花淘尽英雄……"，楼上传来一个男人的声音。我们这幢小楼，只有六户人家，平日里大家很少见面，对面的人家甚至无人居住。清净惯了的楼里，忽然因为这歌声，显得更加幽静。

黄昏未至，我翻开一本叫《枕草子》的书，读完有种畅快的感觉。作者清少纳言是个在宫廷生活的女子，其人其书都是个谜。她从普通的小情小物中掂出小情小趣，以极度敏感的内心挖掘出了生活的真善美。她说，"洗头，化妆，穿上浸满香气的衣裳，即使在没人看见的地方，心中也十分快活"。在她眼里，宫廷生活也如同家常日子一样随意，恰恰是随意的纪录倒成了一部传世之作。其实世间很多事也是这样，只要有一双发现美的眼睛，不经意间也会成就一段美好的人生。

或者我就看电影。那时喜欢激烈的枪战片、动作片，喜欢死去活来的爱情故事，现在却喜欢上了日常生活片。看着一个个故事在平缓中展开，一个个人物演绎着爱恨情仇，尽管他们在另一个语境中热闹悲伤，可我想象自己也是其中一员，普通人有普通人的欢乐，不平凡的人也有不同寻常的烦恼。在别人的故事里，会知道这个世界上比自己幸福的人多了去，但也有很多比自己还不幸的人。

更多时候，我什么也不干。就这么坐着，一动不动。白日里的劳累烦躁，刚才的焦急顾虑，像在另一个频道中，与我没有任何关系，我也忘记了这个时空中自己的样子。这才是真正的我，心神合一，无忧无虑，心无杂念，放空自己。贪念太多时，我常常会看见一个硬朗的、忙碌的、虚荣的、悲伤的、焦躁的影子；而此刻，那么多的东西呼啦啦卸下来，我就有了一个温柔的、清爽的、闲适的、干净的样子。我是我了。

有时也会不知不觉进入梦乡。白天里的操心，夜晚的辛劳、杂事的担忧，名利的困扰统统不见，而这个时段的梦，一般都是甜美的、温馨的、毫无悬念的，比起那些惊恐地坠下深谷、恐惧地逃避鬼魂，还有一些痛哭流涕的画面来说，无疑是美好的。

这样的时分，是静谧的，也是完美的。正像那些睿智通透的日子，少了匆匆奔波的心态，多了随遇而安的过程；少了盲目追逐的过程，多了慢慢思考的空间。

六点多，小区里陡然热闹起来，车流声透过窗外传来，此起彼伏；下班的人开始回家，热热闹闹。有人走上楼梯，步履轻盈；有人带着孩子，边说边走。

"古今多少事，都付笑谈中……"，楼上的歌声戛然而止，

黄昏到来了。

谁的笔儿像铃铛

从书房窗口直直看过去，有一条岔路静静站在那里。每天，它会带着无数的人和车流选择方向，抵达远处。一条笔直向东，顺着马路拐过六中，走过古朴典雅的新一中，就到了宽阔的中央大道，这是出城的路。一条就会绕着街巷，循着老楼，走过那些低低的包子铺、打印室、卤肉馆，就迂回进了老城。

家乡的三月，田间山野处处蒙着一层若有若无的冷灰色。水上公园薄薄的冰层下，流水步履凝重。风裹挟着寒气，有时天空甚至还飘着雪花，俨然是冬天时节。

很多时候，我都拐过这些路，驱车从另一条道到单位。工作家庭，父母儿女，人世的纷争，很多东西都在这条路上得到清晰地梳理。就这么忙忙碌碌走着，仔细辨识自己的脚步在漫长的时空里发出怎样的音响，用岁月磨损的眼睛看早春溢出怎样的不同。

正是一年中最清冷的时候。走在被风刮得干干净净的土路上，凛冽的空气冻得脸颊微微疼，这疼唤醒了一些感觉。道边的树，光秃秃的，没有一片叶子。春天来了它们会发芽长大，一天天一年年，直到长成参天的大树。一棵树变成圆木，被劈成扁担菜墩子，做成家具，盖成房子，只是一种形式上的改变。一如曾经的我，所经过的都是风雨的磨练和锻打。

人生一世，草木一秋，一颗游走的灵魂和一颗蛰伏的灵魂达成了默契。由树木想到自己。想这四十年走过的路，经历的人和事。四十不惑。把自己写的东西再次整理出来，仔仔细细地看，就像老姑娘出嫁，既是热烈期待的，又难免会有隐隐不安。不自信三个字就扑扇翅膀飞来，也知晓自己的作品不可能篇篇华美，字字珠玑，肯定会带着与岁月相伴的印记。

夜半，越整理越沮丧，越看越有些灰心，就像第一本书出版前的惶惑。我不知道有几个人看，看了会是什么样的感觉。朋友说要让自己的文字在别人心里烙下痕迹，我觉得不可能。手机网络时代，太多的文字不过是一场微风吹过，因为很多人根本不看书。有幸被记住一篇或一段，甚至只是一个细节，已经足够。

评论家李敬泽说，当今很多写作者都是地铁司机，只管一路狂奔，把人拉到目的地了事。他认为好的写作者应该是三轮车夫，一路骑来，摇着铃铛，丁当作响，吆五喝六，客主迎风而坐，左右四顾，风土人情，世态俗相，可见可闻，可感可知。细细想来，深以为是。可惜我不是个三轮车夫，我的笔也不是铃铛。

写作最终要解决的问题是自己。最初的写作往往都有模仿的意思，等你写到一定的程度，你就是在解决自己的问题。可是大多数文字工作者是没有自己的，写作与自己的灵魂不搭界，因此一辈子处在模仿阶段，一辈子是一个习作者。

文字深处，是心曲。写作本是一种残酷，是揭伤疤，是捏软肋，是落井下石，是哪壶不开提哪壶……它使我试图忘掉的那些年龄年华，家事已事，却变得必须记住，看着自己笔下的文字，所有关于遗忘的努力，一念之间，全化为了灰烬。

每当秘密花园中的那些心情故事即将逝去，而我又不甘心让它们就这样毫无价值的离去时候，我就为自己的坚持喝彩，因为我始终相信，总有许多双眼睛，注视一切，即使在孤绝一隅。

总觉得自己是两个人。一个走进生活，一个离开生活；一个在低处一个在云端。起初，我无法把它们统一起来，我必须离开一个去做另一个，就这样来回奔跑，在时光的表面，无法停止！

谁的笔儿像铃铛？关于写作，总有难以企及的高度，惟有目光才能够得着。它仿佛是开在天空的玫瑰，即使有无数的途径通向它，却永远无法抵达。好吧。我只是想写下自身的感受，写出存在的理由，写出普通人的喜怒哀乐。如此而已。

越来越喜欢老蔡琴。那个大眼睛的女人，有颗泪痣的女人，抱着话筒，像烟火气和岁月感，世态炎凉与爱恨情仇，都在暗里滋长。她是静的，美的，是回忆中的温暖感动、怀旧感伤，是一种在自然生活面前一种自然的情状。

在她的歌里，我领悟到"慢"的涵义。慢慢地开始，慢慢地推进，慢慢地结束。一个故事，一个片段，一段记忆，一个背影，放慢了速度，就不一样了。如果以冬天阳光移动的速度去细说一城一街、一户一家、一人一事，去聆听是是非非、恩恩爱爱、悲悲楚楚。如果加上变迁的人和事、情和理、形和状、意和义，苍茫的外部和深邃的内部，才是写作的秘笈。

也许，有一天，我会蹬着三轮车，走过暴风雪，走过绿草地，也会欢笑歌唱；会欣赏曾经的美丽，传颂我的记忆；会埋首赶路，也会停下来，回首来路，眺望远方。

当然，还要手里摇着铃铛，叮铃，叮铃作响……

没有人能说出您的孤独

我是在冷冰冰的夏晨听到您离世消息的。

是的,寒冷的夏天,以前只在戏曲中才听说过的六月飞雪,如今在家乡一再上演。本应是炎炎夏日,可一夜寒雨,人们又穿起棉袄带上围巾,在寒风中瑟瑟发抖。

您以105的高寿离开,比起众人来,寿终正寝无疾而终,真可算得上圆满。在西海固,这属"喜丧",尽管不如红事般热闹,但来宾们会说笑打闹"过事",唢呐梆子也会欢快许多。

在生命的后几十年,您真做到了豁达无畏向死而生,毫不在乎红尘纷扰是非恩怨,时人却一如既往消费您的一切,"嫁接"的心灵鸡汤满天飞。他们喋喋不休您的出身家族、枝蔓故事,一窝蜂地夸大您的婚姻您的淡泊与"和谁也不争"。他们以"最才的女最贤的妻"赚取噱头,又在简历中将钱钟书之妻放在首位。我还亲眼见某群里有人说长寿的人一般命硬,会多占夫婿子女的寿数。人心不古,世事纷纭,连百岁老人的离去也不放过聒噪的机会。

铺天盖地的悼念文章中，最欣慰"先生之风，山高水长"八个字，言简而意无穷。照片中的您，眉头高挑，瘦削矍铄，小眼睛里有种世人觉察不到的孤独。

没有人能说出您的孤独，失去挚爱亲人的孤独。丈夫钱钟书、女儿钱瑗相继去世，连那只调皮的猫也离开人间，据说您一滴泪都没掉。这不是坚强也不是淡然，如您聪慧，自然知晓"便纵有千种风情，更与何人说"的无助；更有"长行长在眼，更重重、远水孤云"的无奈。经过一个多世纪的洗礼，经历见识足使您对离别的痛苦酸楚，安之若素举重若轻，所以您说，"钟书逃走了，我也想逃走，但是逃到哪里去呢？我压根儿不能逃，得留在人世间，打扫现场，尽我应尽的责任。"

没有人能说出您的孤独，担心失去真我的孤独。不开研讨会不出席文集发布会躲避生日，实则是拒绝虚饰的热闹，警醒自己被当作符号。看过许多伟人传记，发现一个规律，当伟人名人们身体机能退化、当独居深宅大院，当被身边人蒙蔽时，他们就成了傀儡、雕像、花瓶、商品，成了"别人"期望的、坐在高高神坛上的木偶。其实，卸去光环后，他们不过是些可怜孤单的老人，如不愿治疗而不得不被治疗的老人，清楚明白地被人摆弄的老人，被冠以大师之名的明星老人，比起子女承欢膝前、含饴弄孙的平民百姓，他们的结局似乎更悲凉。所幸您一直很清醒，真正的宠辱不惊，毁誉不奇。哪里是不想热闹啊，分明是"拣尽寒枝不肯栖，寂寞沙洲冷"的无语。

没有人说出您的孤独，高处不胜寒的孤独。"在这物欲横流的人世间，人生一世实在是够苦。你存心做一个与世无争的老实人吧，人家就利用你欺侮你。你稍有才德品貌，人家就嫉妒你排挤你。你大度退让，人家就侵犯你损害你。你要不与人争，就得与世无求，同时还要维持实力准备斗争。你要和别人和平共处，就先得和他们周旋，还得准备随时吃亏。"集一生毁誉总结出来的经验，虽语调平和不惊不喜，实则哭笑不得满含悲苦。

没有人能说出您的孤独，长寿怕辱践的孤独。《庄子》语：寿则辱，是说人年龄过大，生活无法自理，生存质量降低，则会失去生命的尊严。例子很多，无法一一列举。无数名人因寿长而遭受不公平，最后只能自己结束自己的生命。太平岁月里，长寿而受罪，即使巴金老人、您的丈夫也不能避免。在绝好的医疗条件下，全身插满了管子被一再"长寿"，也绝非本人意愿。还有季羡林先生，在生命最后几年堪称明星，可是也因遗产纠纷、父子关系，闹得满城风雨、路人皆知。更有那么多年老体弱、失去劳动能力、丧失生活自理能力的普通老人，既无经济积蓄，又无智慧通达的脾性，衣食住行都得仰人鼻息、看小辈脸色，沦为包袱负担而受尽辱贱。世人只知道追求的河山长寿、天赐遐龄，期许寿富康宁、儿孙满堂，哪晓得老天教人长寿却给予老病的残酷无情。我相信，您渴望"回家"的期盼，应大于长寿的喜悦。

没有人能说出您的孤独，担心失去往昔岁月的孤独。住在简朴到极点的小院里，"为了坐在屋里能够看到一片蓝天"。素粉墙、水泥地、天花板上还有的几个手印，那是丈夫在时，您登着梯子换灯泡留下的痕迹；旧院旧屋旧物件，书桌书卷眼镜钢笔字典，都萦绕着他们曾经的气息。熟悉的气息在，您寄身于天地，才不至于觉得一怀春梦了无痕。

值得欣慰的是，在您生命的最后时刻，已经超脱了世俗，超然于物外，过着纯粹的精神生活。"我得洗净这一百年沾染的污秽回家。我没有'登泰山而小天下'之感，只在自己的小天地里过平静的生活。细想至此，我心静如水。我该平和地迎接每一天，准备回家"。于红尘世界，您并没过多留恋不舍，因为只有"家"，才能容纳圣洁美好的灵魂。

终于含笑归去了，能和亲人们团圆了。一路走好！

您的诗文将会比人更长寿，只此足矣！

秋风穿过老戏台

一

巷子深处，忽然开阔起来。一座老戏台，在秋日阳光下，慵懒地晒着太阳。

四周空旷无人。各种农作物都已收割完毕，空气里弥漫着腐草的气味，笼罩着紫色、黄色的野花，高高低低的稗草，和不知名的蒿子。一根根冰草摔打着长身子，秋风下瑟瑟摇曳着，从季节指缝里漏下枝枝金黄。

三面厚厚的黄土墙和很少的青砖，就支撑起了屋顶。屋顶是青灰色瓦构成的弧线，两边墙上，挂着红底黄字的打印体对联。一半牢牢地抓住墙壁的手，一半被风撕裂开来，随风跳跃着、舞蹈着，呼啦啦大声喊叫，见到了远方客人，似乎很欢快。

四周的杂草也摆动着身姿，兴奋地对着戏台说，看，来人了！戏台仍然无声，没有激起尘封的涟漪，也没有为之一振，那些热闹的人的声音，还有记忆里繁闹的场景，不过是遥远的记忆罢了。

我和朋友，坐在茅草屋顶下的木凳上，有一搭没一搭地闲谈。看戏地，悄悄围成了半圆，远远站着，竖起耳朵听久违的声音。戏台前，没了锣鼓的喧闹，更没有往日真假戏迷的聚集。它被遗忘了，虚构出岑寂的一幕。

一幕残缺的折子戏，一句情到深处的对白，一个默契的眼神，一件沉旧的物什，一袭被时光磨旧的戏袍……如一位垂暮的老人，苍老而孤独。每到晚上，陪伴它的，只有那些不知名的虫子的鸣叫。

孤独的老巷、寂寞的戏台，还有旁边变成废墟的旧磨房和黄土屋，在一起聊着天，叙述着沧桑与变迁。

那些看戏的日子，像一副写意画，成为一个人成年后的梦想，出现在时光的童话里。

二

戏台上的鬼魂，似乎是我童年少年甚至青年时最恐惧的想象。

孩提时，在院中玩耍，刹那间会刮来一股旋风，纸片、草屑等物随着风一圈圈盘旋，就会让人想起流传广泛的鬼魂，不由毛骨悚然。我会用奶奶教的避邪之法，伸长脖子，攒足气力，对准那起伏旋转的"精灵"呸呸呸连吐三口，然后逃之夭夭。

事隔多年，当年看《鬼怨》一折戏时，那飘荡的纸片，盘旋的风，悚然心境……

太阳西下，秋风习习，晚霞也由金黄渐渐发暗，成了赭红。最后一丝阳光掩藏到山那边时，我们随着祖母去看叫做《李慧娘》的秦腔。

奶奶说，冤魂厉鬼伸冤报仇的戏，是告诉人可不敢做坏事，有报应呢。我懵懵懂懂地听着看着，渐渐就有些瞌睡，头一上一下地打盹，妹妹也是。忽然，激愤的乐曲中，跑出一个白衣女子来，低身旋转，如一缕幽风飘然而来。她奔跑着，飘忽不定，似影随风，如同水上飘，似鬼非鬼，似人非人，抛甩着大大的斗蓬。我恍然大悟，复仇的厉鬼原来不是青面獠牙，长舌披发，面貌可怖，而是衣袂飘飘，美丽动人。

气氛顿时紧张起来。我浑身打着冷战，妹妹紧紧抓住我的手，我紧紧贴在奶奶身边。全场静悄悄，看台上那鬼魂大开大合张驰有序的动作。"怨气腾腾三千丈，屈死的冤魂怒满腔""口口声声念裴郎，红梅花下永难忘"，鬼魂在荒郊旷野里哭泣、控诉、奋争，高高低低的声音在空中飘荡，怨与愤，悲与恨，籍冤魂之身，诉人之衷肠。

"鬼要喷火了"，奶奶紧张地说。果然，那女鬼口里忽地喷出火来，足足十几分钟，大口喷，小口喷，长火喷，短火燎，喷得天混地暗，一片火的海洋。那个二花脸，被火烧得抱头逃窜，跌打翻扑。人们欣慰地笑着，快意地看着，复仇的快感随火苗喷涌而出。此时，远处星光隐隐约约，闪闪烁烁；身边大树在黑暗里大幅度摇摆，身边纸片也随旋风四散，萧瑟肃穆、恐怖神秘的气氛弥漫开来，我被吓得浑身是汗，瑟瑟发抖。虽然最终坏人遭到报应，天理终须昭彰，但我也明白了奶奶常讲的道理：头顶三尺有神灵。这个印象使我对鬼魂的概念镌刻在心，凡有背善良道义之时，一个白衣鬼魂就在眼前飘动。

有所畏惧是恪守底线的标准，正义战胜邪恶是启蒙教育的主旨，老戏台从此就是恐怖的梦魇。好多年后，我才敢抬起头，从从容容看那个不太宽敞的台面，才知晓喜、怒、哀、乐、爱、恶、欲被道德包上了一层外衣，打扮成生、旦、净、末、丑的样子，在破旧却依然高大的旧戏台上，给予人们最朴素的真善美教化。

三

传统离我们越来越远了。

只有希望不落空，眉宇间才有笑意。远处，农人正碾压金银花（一种中药），拿着木锨翻弄属于自己的收获，眉眼间笑意盈盈，边享受着秋的馈赠，边闲聊老戏台上那些有趣的细枝末节，唇齿开合中透着安详与惬意。红红的浆果，兀立似灯盏，秋日的过去就是它们生命的结束。戏台边，几位老人闲坐，乘凉或晒太阳。一个村子，总有这么几位老人，如戏台一样，苍老，神秘，安然，守望。在沧桑中，戏台孤零零，真的很孤独，像一本书在春风夏雨中展开，最终在深秋的最后几日画上了句号。而美艳的演员也已经走出这里，卸下戏装，洗去铅华，走在街市上，就是一个普通的中年妇女。

童年的笑声，像家里挂着的风铃，清亮、明澈，穿越戏台、风和树林，甚至连天上的云彩，都被染上绚烂的色彩。乡下人看戏，其实也不分文戏武戏，更没有什么朝代概念，反正所有的戏文在他们看来，也就是个唱念做打。少年时，我曾亲耳听见一个红脸汉子大声说：那个唐朝的包文正啊，可真是个清官。可即使这样的一知半解，也会让我们把戏文当人生，当做历史，在田间地头哼唱之间，明晓言而有信、忠于人格、忠于信仰、因果报应的道理。

或许有一天，我们的后辈儿孙耳边，也会响起哇呀呀的腔调。他们虽然听不懂，但敲锣打鼓的声音却不会轻易抹去。他们在播放悠扬舒缓的交响乐时，也会把粗犷高亢的声音灌进耳朵。说哪个姑娘漂亮，也知道和胡凤莲一样美；说谁恶毒奸诈，就和跟贾似道一般。红忠黑勇、白脸奸臣，他们眼前也会跳动着那些鲜活的戏曲故事：《铡美案》《卷席筒》《打金枝》……

可如今的孩子，除了功课，最喜欢在家看电视，手里握个手机。荧屏闪过，网络里的世界何其精彩。

四

一场场秋风吹过，灰色的柴草和灰色的戏台，像一对携手的伴侣，一起告别了夕阳的辉煌，只留下一段曾经的美丽。

当我们把生活变成一个豪华戏台，高高的矗立，精彩的呈现；当我们在互相攀比中争相展示，当我们拼命打扮自己炫耀名利；当我们既是观众又是演员，技巧娴熟却失真失衡，远不如旧戏台那样古拙朴实，在传统中裸露着真诚和坦荡。

秋风袅袅，吹过老戏台……

谷雨说雨

　　日子的脚步越来越快，一下子就走到了谷雨。

　　谷雨前后，栽瓜种豆，老人留下来的顺口溜还真有用。一大早，天气就很争气，赶着下了一阵细雨，也不大，没坚持多久就歇了脚，但毕竟应了景，算完成了任务，于是挥手告别，潇洒离去。

　　细雨打在脸上，好像喷着爽肤水，惬意极了。我慢慢走到停车场取车，见两个老人站在雨地里说话。他们都老了，显然已站了很久，因为衣服都被打湿了，显得又黑又重。

　　穿麻衣服的说，谷雨就下雨，老天还是很准时，一点儿也没忘了自己的任务。

　　另一个叹口气，这么好的雨下着，真让人心慌。今年春旱了，老家人说山上黄土有两寸厚，旱了摆耧就难了，可是娃们嫌麻烦，不让我种地，家里的几十亩地，又要荒一年了。哎，也不知道村里其他人玉米种上了没有，小麦出苗了没有，胡麻的籽儿放进了土里没有？

　　麻衣服的就劝，现在是年轻人的世事，咱老了，听娃娃的没错。

那一个就发愁，哎，咱是老农民啊，不种地就这么闲着，是不是造孽呢？

两个人都不说话，瞅着天上飞过的阴云。我边走边听这久违了的话题，不由想起了少年的谷雨。

在家乡，这时节最忙。从早到晚，大人们都在地里忙活，有时用铁锨翻开土地查看墒情，有时套上牲口碾压瓷实。更多时候，是忙着把种子洒进土里。播种耕耘收获，第一关就是种，只有种下去才会有收获，只有勤劳才会有收成，这是最朴素的道理。

种地的过程非常隆重，甚至带着几分神圣，先得选种子。一粒粒种子从储藏室里被翻拣出来，在簸箕筛子里过上几遍，挑选出最饱满的装进布袋子。比如向日葵，因为怕老鼠糟蹋，母亲早早就用旧头巾绑了挂在高高的房梁上。要播种了，就喊弟弟沿着木梯子爬上，小心翼翼拿下来。种子可是不敢吃，吃了一年就没有吃的了，这样的叮嘱时时在耳边萦绕。人们口中的那些不肖子孙，往往都和种子有关，比如谁家家境贫寒，就说连种子都没有。又说谁家的子孙不争气，那是连种子都偷吃的主儿。

谷雨一定要下雨吗？印象中好像都下。节气到了，仿佛有人和老天爷是好朋友，打个电话，无论交情怎样都会来捧场。娃娃们想不通为啥谷雨定要下雨，就问大人。大人毫不思索就回答，老先人留下的道理，祖祖辈辈总结出来的。

谷雨，果然毛毛细雨就开始了。娃娃跳进雨中奔跑，嘴里不停地喊：毛毛雨大大下，精勾子娃娃跑涝坝（水坝）。至于跑到涝坝里干什么呢，谁也不知道。

在西北农村，涝坝就是命脉。干旱地区的涝坝，其实就是个大大的蓄水池，没有水就变成了个大土坑。我们村里的涝坝在街口，外婆家的一侧，大姨家对面。担水必须经过他们家。外婆茶饭好，表妹一回家就有好吃的，每天上学都有金黄的玉米面馍馍，我多么羡慕。我家就不行，母亲一个人拉扯着六个娃娃，当了男人做女人，忙得顾不上精心做食物，烙的馍馍要么碱大要么碱少，碱多了噎得人吃不下去，碱少了发酸更难吃。

涝坝里的水是苦水，就是人不能吃的水，吃了牙就会变成黑黄，可是洗衣服需要它，牛羊需要它，院子里的花草需要它，就连大门口的菜园子里也需要它。它默默存在着，为一村人提供生活便利。甜水都在各家水窖里，水窖都有盖，还有一把铁锁把门。水窖里甜水的多少，代表着这家人殷实的程度，因此非常尊贵。涝坝就像一个受气的小媳妇，没地位没发言权，只有奉献的义务。

至今我也不知涝坝里的水是从哪里来的，是不远处清水河的引流，是天上的雨水自然积聚，还是饮水工程过来黄河的水？因为在我记忆中，她就没干涸过。夏天雨水充足，它像一面明亮的镜子；冬天虽消瘦了许多，但也不会减去丰腴。

谷雨节气，家里用水的地方越来越多。院子里的一小块土地要浇透了，辣子西红柿土豆向日葵才能下种，墙角里八瓣梅和牵牛花才能撒下籽，所以每天早晨，大点的孩子总会被大人催着担回了水，才能背起书包去上学。小孩子呢？两个人一根木棒一个水桶，抬水是必然的活计。西海固长大的孩子提起担水和煨炕，不愁的人很少。

担水要去涝坝，抬水也得去，大娃娃要去，小娃娃也要去，因此涝坝就是孩子们的乐园。春天来临了，天气格外暖和，涝坝边就攒起很多人，洗衣服的，拆洗被褥的，带了剃头刀和肥皂刮头刮脸的，说闲话的，拉家常的，都在这里汇聚。说媒的也把涝坝边当理想的相亲场所，看哪家女子的身段走手，观察哪家男孩子性格好坏、干活泼仗不泼仗（吃苦耐劳），都可在这里进行。

这个时间，春韭菜已长出来了，割了不好吃的第一茬，第二茬只要有水浇，就一个劲儿的长。我们将担来的水，用马勺舀了出来，浇在韭菜根上，过不了几天，那一畦畦翠绿的韭菜就会格外茂盛。

奶奶拿起刀片跪在地上，揪住一缕慢慢割过去，接着扭着小脚，把围裙里的韭菜放在案板上，一根根拣干净，在清水里洗过晾干。再从腌肉缸里挖出一大块膘子，和切细的韭菜和在一起，做了馅料，然后用热水烫了面，旺火慢烙，香喷喷的韭菜馍馍是谷雨前后最美的味道。

谷雨前后，娃娃们也会有各种玩耍方式。女娃娃跳皮筋，男娃娃呢？除了一天到晚在土里玩，还会从嫩枝上折下柳枝做柳笛。长长短短的笛声，就在村里回荡。

许久没回过农村了，不知道谷雨时分栽瓜种豆的情况。农事离我们的生活越来越远，远到隔着两个世界了。

一封写给讲台的信

亲爱的讲台：

　　此时，人影渐散去，喧嚣归于静谧，偌大的楼里，只剩下我们！你看，整齐的课桌椅，光洁的四周屏幕，墨绿的前排黑板，白色彩色粉笔，夕阳正浓，斑驳的光影斜射进来，将这间教室染成一幅静物画，你我也是其中之一。

　　窗外的秋风探头进来想看个究竟；咱的老朋友——一树合欢，张开树冠，把一个个粉色小伞托在自己臂弯。第一次见她时才窗台高，挺直身子瞅瞅破旧教室里读书嬉闹的小脸。二十多年过去了，她巨擘般，和古色古香的教学楼比肩齐高。但她正年轻。

　　还记得吗？学校的前身在那个脏乱差的村庄，一年四季泥泞遍地，晴天也得穿着雨鞋上下学。学生也是清一色的男生，打架斗殴，滋事生非。旧城改造后，搬迁到新址，从两个班到几十个班，从98个学生娃到6200多人的大校，从纯一色的男生到女生比例占到57%，从无所事事到人人奋发；变化只能用一个词概括，那就是日新月异。

你呢？也从一个黄土垒成的泥台到黄色木桌，从铝合金的电脑桌到如今满墙触屏，单单这间教室里，就承载着多少岁月荏苒、更新换代的轨迹呢。作为其中一份子，我参与了学校发展变化的每一过程，为单位每一次提升和跨越而兴奋。

站了半辈子的讲台，站在这熟悉如卧室的教室，告别一茬茬青春逼人的面容，今早，当我和往常一样，踏进学校的一刻，看到那些形态各异造型古典的路灯，看见经过秋霜浸染依旧昂然挺立的松柏，看见那些手持书本在灯下读书的脸庞，看见那些匆匆走进教室操场的背影，忽然觉得所有往事就在昨天，所有故事也不曾走远，似乎刚刚走出校门，恍然已是多年。

往事也堪回首。是的，这方寸之地，我已站了二十几年。从满怀理想抱负的年轻人，到普普通通的中学语文老师；从家庭到学校，从学校到学生；没有太多的生活阅历，也没有遇到过很大的坎坷波折。教师这个职业，是真正的平淡重复，单调无奇，几十年如一日。可这几十年，我的弟子遍布各个领域。有走向全国的知名人物，有在国外就业的栋梁；但更多的还是西海固山川上普普通通的劳动者。他们在学校幼儿园、商场农田工地，卖鞋卖煤卖牛羊肉、配钥匙开挖掘机修下水道。

我坐车时，会遇到开出租的学生；买鞋时，红脸蛋的女生递过来一双又一双。当年资助过的学生，现在是无公害大棚的领军人，每周送给城市无农药的新鲜蔬菜；曾经被关进教导所的××，作为一名法律公益工作者，给更多人无偿提供法律援助。为社会培养出了这么多合格的公民，几十年来没有敷衍自己的职业，没有荒废自己的光阴，没有愧对自己的人生，没有辜负岁月给予的恩赐。我很知足。

其实我也有过焦虑时。每日早出晚归，忙忙碌碌，除了教书，自己到底做了些什么？理想这个词是如此熟稔而无奈，熟悉是因为你不停地被告知人生有很多意义，无奈是总不知道自己到底需要怎么去走怎样去做。灯红酒绿的世界，永远充满着诱惑。我也曾悔恨厌倦过，甚至渴望另外一种生活。但职业带来的道德良知、操守修行烙在骨子里，后来，我终于发现，固守传道授业、安贫乐道，也是自我超越的一种，那么就安然接受且以之为乐。在时间的稿纸上，每个人都写着自己的历史，何况我也找到了宣泄压力的方式。多年的教书生活，让我在白发丛生的同时，感到时光飞逝和生命无奈，于是拿起笔，记录下那些默默无闻波澜不惊但值得记忆的细节场景和故事。我把一些真挚的情怀、琐碎的细节、感人的瞬间、疼痛的记忆记录下来，是对自己的一个交代，也是找一个理由去反思。

　　随着一本本的阅读，一点一滴的记录，自己的书也一本本出版，我也被很多人认可。我越发喜爱教师这个职业。因为文字于我，既和教育教学相联系，又是成长成熟的必然过程。它们相生相长，演绎着四季更替和教坛春秋。读书教书写书，教师这个职业，带给我的不仅仅是教书育人。它告知我，要做到耐得住清贫孤单，守得住谨慎勤奋；用安静、明朗、积极、质朴、慈悲、小完美在三尺讲台上，同样可以发出自己的声音。即使这些声音那么微小，但美好而真实。

　　最快乐的是，把一些种子播撒出去，得到了饱满的回馈。虽然不是桃李满天下，但也不负此生。老朋友啊，此时，既有离别的感触，也有踏实的欣慰。即使以后退休了，我也会时时来看看你，看看这所教学楼，看看这所校园。

　　有人说过，青年是诗，中年是小说，老年是散文。我的小说经过大量铺垫，才写到正文；我的舞台灯光明亮，才准备上演精彩的故事。你看，夕阳散漫，我听见了时光嗒嗒的脚步声，既然不能征服它，我将随时献出诚恳感激之心。我相信在有生之年，还会以真诚善良之心，依然做一颗石子，铺在爱人孩子脚下，陪伴师长朋友之旁，坚持所爱所乐，度过属于自己的夕阳人生。因为我的血管里始终有阳光的属性。

顺祝一切安好！

一位教师的心声

×年×月

老"古今"新故事

一

深秋时分，天气正好。一路跋涉，饿极了。在一家饭店吃野味火锅，据说是小城最具特色、最滋补的美味。屋外热气腾腾，屋内腾腾热气，人们大朵快颐，吃得头上冒汗。

忽然听见有人说，今早我从老家赶回前，埋了一只狼。所有人停了筷子，抬起头来，埋狼？！

是啊。现在生态好了，山上到处是野鸡，人嫌满山抓起来麻烦，就撒拌过农药的粮食。野鸡吃了被毒死了，狼吃了毒死的野鸡，也死了。亲戚说。是个实诚人，从来不撒谎。

关于狼的记忆一下子冒了出来。

童年时听奶奶讲"古今"，除了跑土匪、毛野人，还有很多关于狼的奇闻异事，比如叼走了谁家娃娃，咬伤了谁家母猪，钻进了羊圈咬死很多羊；还有聪明狡猾、报复心特强，会堵在路上学狗的样子迷惑人，听得我们毛骨悚然。在本地，每当娃娃们哭闹时，只要大人说，不听话让狼吃了去，准会一下停止了哭闹。

小学时，两个同学吵架，谁骂了一句狼啃剩的。教室角落里另一个男孩马上变了脸，冲上去撕扯不已，真有狼的架势。其他同学神秘兮兮说他出生没几天被狼叼走，不知为什么到了半路又放下，只是脸被啃了一口，还没了一只耳朵。传言是真假至今不知，但那些天，大尾巴毛茸茸的东西在梦中出现的几率就很高。

我还在别人家见过一块狼骨。当时受凉胃疼，打嗝冒酸水。满脸皱纹的村人，在门后一块黑乎乎的东西上刮下一丝，泡在一碗水里，关切地说，狼肉可治百病，尤其是胃病，泡水喝可治胃寒。我嫌脏兮兮，端出去倒在墙根下（现在想起来很后悔），然后坐在凳子上，听人们闲话，说狼皮褥子可以防潮，是山里人家最值钱的东西，来了贵客才铺；狼有情有义，有礼有节，人不惹它们，它们一般也不搭理人。其时才看过电影《暮光之城》，狼人高大凶狠，正义感十足。也恰值《狼图腾》火遍神州，狼崽子的情节引人入胜。看完后，对狼的印象变化了很多。

小时候只听见人说，却从未见过真狼，十年前在西安动物园才第一次见。那个像狗一样的动物在笼子里懒洋洋躺着，灰毛尖脸，耳朵端立，尾巴耷拉。对几个游人抛进去的香蕉橘子，它低头不理，兀自趴着。哎，落架的野狼不如狗⋯⋯

接着刚才的话题，人们议论纷纷，都说是好事。雨水多山上才有草木，草木葳蕤才有野物，有狼活动说明生态和谐。那些年连连大旱，到处光秃秃，不见个狼影子；干山苦岭，黄土飞扬的，就是有只狼也早饿死了。

193

二

"半夜里，女人悄悄和毛野人它妈换了位置，然后假装睡熟了。等月亮上了山头，毛野人就提刀进了门，站在炕边一刀砍下去，提起头到月亮底下，一看是它妈，放声大哭……"

冬天夜里，寒风飞雪，热烘烘的土炕上，外婆给趴在被窝里的孙子们讲"古今"。据说那是她奶奶的奶奶流传下来，又传给我们听，说到关键处，总要插一句，哪个娃娃不学好，要是让大人赶出去的话，毛野人就在门口等着呢。窗外黑乌乌一片，雪渣打在窗纸上，沙沙作响，一群娃娃忙将头埋进被子，在毛野人咔嚓咔嚓嚼娃娃手指的想象中瑟瑟发抖，大气也不敢出。

毛野人的传说从小听到大，从小讲到老，情节曲折跌宕，内容大同小异。常见的是：毛野人在地上一滚，就变成一个女人的娘家兄弟，牵着一头毛驴，请女人去浪娘家。女人尽管上了当受了骗，被吃了孩子，又被带回毛野人的"家"，但聪慧睿智，躲过种种险情，最终战胜了它。斗智斗勇的情节虽各有版本，兼有虚夸，但结果总会人定胜"毛"，皆大欢喜。

传说中这种灵长类动物，身高丈许，红毛绿眼，口阔膀圆，力量超大，喜欢藏东西，喜爱吃女人（呵呵，好像嫌弃瘦子，喜欢吃胖子），喜爱笑（还有笑死的），憨厚有余，精明不足。在没电灯电话、信息完全闭塞的年代，它们的故事，无疑是很重要的调味品。闲谈趣话也好，惊惧梦魇也罢，这些"炕头文化"给单调的童年生活增添了无数乐趣，也伴随我们走过漫长的黑夜。

长大后读书，才知道古人对于它们早有记载。《周书·王会篇》里便载有人捉到"红毛野人"向周成王进贡之事，《海内经》中更多。屈原在《离骚》中写的《山鬼》，就是以"野人"为题材抒发忧愤之情的诗歌。

到了清代，多处记载新疆一带有野人活动。纪晓岚在《阅微草堂笔记》卷三《滦阳消夏录》中就记录："在乌鲁木齐周边山中，每当红柳长大时，有名红柳孩者，长仅一二尺许，结柳叶为冠，赤身跳踯山谷间，捉获之，则不食以死，盖亦猩猿之属，特不常见耳"。还有一个版本是毛野人变成个老奶奶哄骗弱小无知孩子，最后自取灭亡的故事。后读《增广虞初新志·卷十九》，见黄之隽的《虎媪传》及郑振铎先生的《老虎婆婆》。这些故事和欧洲《小红帽和狼外婆》有异曲同工之妙，可见人类幼年时期都是以情节相似的故事为伴成长的。

细细想来，毛野人传说的背后，是人类对远古时期的简单记忆，也是人与自然抗争的一个象征意义。人是万物之灵，是自然的主宰者，所以塑造出一个最有灵性的动物进行衬托，渲染出自己的聪敏精灵、足智多谋吧。

三

"儿子撵走了老娘后，浑身轻松，和媳妇边喝酒吃肉边思谋着要连夜挖。夜深人定，月亮明晃晃，他们掀开石磨，挖开一层层土。忽然镢头碰到缸沿上，火星四冒，两口子高兴地抛下铁锹用手刨，最后刨出来一个大缸。缸口印封还在，缸里却空空的，一个银锞子也没有，只有一只癞蛤蟆在里面呱呱叫"……奶奶讲完这段，仿佛很轻松，端坐在炕边，气定神闲。

"银子、银子呢"？我们着急追问。

"银子走了"。

娃娃们一点也不相信，"银子又没长腿，还会走"？

"咋不会走？品德不过关，财贝有份限（fen xian）。不孝顺节俭，不积善积德，再多的银子也会走的。世上人只想着能攒钱守财，没想到钱也会选人呢"。她慢悠悠绕着针线疙瘩，肯定地说。

第一次听"财贝有份限"这句话时，年少无知，不解其意。奉贤？奉先？奉献？份限？问了很多人，查了字典，不知道那两个字到底怎么写。起先觉得人命是天定的，就是"份限"吧，年纪越大越觉得是"奉贤"了，因为"人有德，财亦不弃"嘛。

除了奶奶的古今，我还听过好几个版本，都是前辈好不容易积攒了大笔财富，后辈却无德无能没守住。有的说，白花花的银子马上就变为一缸清水；有的说，听见满缸银子一道光就飞走了，只剩下栓银子的红头绳躺在地上。故事尽管神秘莫测，但在幼小的心里埋下了干了坏事遭天谴不说、连金银钱财都守不住的道理。

近读《初刻拍案惊奇》，开篇第一回"转运汉遇巧洞庭红 波斯胡指破鼍龙壳"里，终于找到了奶奶讲的故事的模本。说宋时有一个金老头，做了一辈子生意，从初期艰难拮据到后来"家事挣得从容"。他想了一个办法，只要攒够一百两就熔一大锭，一生共积攒八锭大银，用红绳系着，天天抚摩。想着自己在大寿时分给四个儿子做"镇宅之宝"，可银子却成了精，在分开的前夜不但叛逃，还留言"我等与诸郎君辈原无前缘，故此先来告别，往某县某村王姓某者投托。后缘未尽，还可一面"。看完大笑，也值得深思。

把朴素的价值观藏在短小的"古今"里，以口传亲授的方式一代代传承下去，每个人都责无旁贷。

唐朝的微笑

又一次来到西安博物馆,徘徊在二楼的一个展柜前。每次,我都要来看看它们。

这是一组唐三彩,造型独特,栩栩如生,惟妙惟肖的唐三彩!

排在第一的是个蓝衣女人,高大肥美,裙裾飘飘,天庭饱满,下巴圆润。发式很奇特,齐肩剪发上顶着两个对称的小髻,一手握着个小酒杯,一手提起长衣袖,似乎在聆听爱人絮叨,又仿佛刚听完热烈的情话,神秘的微笑,更显端庄质朴,恬淡甜美

在左边的,是位年轻女子。厚重浓密的长发腰间垂下,前额正中有个桃子造型,上面别着个小蝴蝶。面如朗月,圆下巴上坠下几层肉来,樱桃小口点缀其间。她双手捧在胸前,侧脸抬头做聆听状。仿佛遽然听到母亲的呼唤,她调皮地一笑,我就要回家啦。蓝底白花长裙,浅黄披肩就显出几分俏丽来。

右侧的分明是个中年妇女。粉脸略偏,昂头做呼唤状,脸上满是慈祥亲切的笑;硕大的发冠上别着各种簪,垂珠一闪一闪,雍容华贵气韵

不凡。白底红花的长裙垂地，膝盖下便是花团纷纷。长身侧脸更显丰满圆润。紧接着便是个骑马女郎了。泛着釉光的高头大马上，绿衣红袍的她稳稳坐在彩色马鞍上，一手勒缰绳一手提马鞭。头发被黑色发套包起来，像回族妇女的盖头。英姿飒爽的人此时满脸柔情蜜意，温柔地和马儿说话，一抹笑意，留在明艳的脸上。

还有个白釉黑花的卧美人呀！侧卧在床，慵懒惬意，贵气十足。白皮肤黑眉毛，正面带微笑张大眼睛瞅前方的小猫咪。金黄色衣裙上，黑白色蝴蝶似乎正闻香起舞。

不远处，还有几组女人和马的雕塑。马一律肥硕健壮、骨肉丰满、臀部浑圆，低头吃草或昂头远视。人都是高髻裙钗、妖娆妩媚、凸凹有致，均手握酒杯，笑靥如花。

敦煌壁画上的唐飞天，生命的律动与青春的气息令人陶醉的。有的环绕在佛祖身边，有的飞翔在极乐世界上空；有的努力振臂腾空而上；有的反弹琵琶姿态万千。飘曳的衣裙、飞卷的舞带、变化无穷的舞姿、自信的颜容，无不表明出自由的底气，无不彰显出对生活的热爱。最重要的是，在她们脸上，你能看到知足自信地笑容。

著名的周昉《簪花侍女图》中，五位肥美妇人高髻簪花、晕淡眉目，丰颐厚体露胸披纱，或微露笑意，或低头赏花，均沉浸在对花的赞叹中。

我想说的是，微笑。唐人的微笑。

唐沿袭了祖先鲜卑族的传统审美，以大为美以胖为美，以包容并蓄四方来朝为傲，个性十足的时代，在物质富裕精神饱满的基础上，人们在自我肯定与被肯定中充分展示着自信，幸福指数很高。开阔、大度，大格局，大胸怀，大境界，便是唐人特殊的气息。

"盛唐气象"充分体现在女性美上：丰腴健美的体态加上高耸的发髻、袒胸露臂的衣饰，一派雍容华贵。她们脸上的笑容，是发自内心的自信，也是知足惬意的外显。那含蓄的、美丽的微笑，不仅仅是一种美，更是一种气度和气韵。它和开明的政治、强大的国力、繁荣的经济、丰富的文化、开放的时代精神相一致。

反观如今，有多少女人在时尚洪流中惴惴不安？时尚标准制造出一个个瘦削身材、锥形下巴、高冷硬的芭比娃娃。一张张骨感的脸，不知喜怒哀乐的面具下，是狭隘自私、躁动不安、贪欲无限。虚荣炫耀，浮华空虚，戾气暴气，自私冷漠，精神空虚的风气，让人在无聊和无处安身中走向。

什么时候，女人会不以不完美的身材为羞？什么时候，人们才会坦然面对平庸的人生？什么时候，自信知足的笑容会挂在脸上？什么时候，人们才会明晓，"完成"比"成功"更能贴近生命的实质和意义？

积极努力地活，平凡而不抱怨，忧伤但不颓唐。在所有的追求中，纯净、光明、温暖，对爱的完成最值得我们以朴素之心、真挚之情、恒久之念去孜孜追求。也许，我们也能成为唐朝的"飞天"，成为自己的"飞天"。

此时，金盆玉衣展柜前围得水泄不通，人们不停拍照，不停地指指点点，沐浴在黄金的光晕下，格外兴奋，甚至亢奋。

但你仔细看，似乎没一张从容的笑脸！

后记：面对灯光　我微笑不止

青春，早已逝去。很多东西，也渐渐离去。

我依然在这座小城生活工作，忙忙碌碌，在古雁岭下一个中学里教书育人，且乐此不疲。

世间多了一个忙忙碌碌的读书人也是件好事，多了一个老老实实的教书人也不见得有多平庸。

人过不惑，在很多场合，都会因嘈杂而躲避，因争抢而退出，而身体也明显有了变化，零件发涩，齿轮不润，连走路速度也慢了很多。曾经那么爱旅行，但现在出门不能超过十天；曾经那么爱爬山，但现在右腿膝盖伤了，能上不能下，走多了就疼，只好在半山上坐着，羡慕地看身边人大步走过去。

最明显的是眼睛，只要在电脑前坐几个小时，就会酸涩模糊，看不清屏幕。我甚至开始收听"好视力明目贴"的广告，在中年的路上越走越稳。

朋友说她镜子里的白发一根根，拔都来不及，只好每个月都去理发店染。家人在劝我悠着点时，总会说别依仗自己还年轻，别等到躺在病床时才知道后悔。不过，有时候好像认为自己还年轻，比如幻想、看书和写字的时候。

我不会再像年少时那样大声说话，忽然流泪，莫名想念，耍个脾气，冲动地发短信，也不会潦草地错，然后沉痛地悔；但会感恩每一双温暖的手，珍惜每一个关怀的眼神，明白细水长流的感情，懂得了默默无言里包含着的呵护。即使不停地唠叨，也是一种疼爱。也懂得心疼的疼、忏悔的悔是如何一笔一画写出来。

一直喜欢苏东坡。这人很有趣，旷达无畏，幽默好玩，喜欢美女美酒，喜欢美食美景美文，能担大义而不拘小节，也能在任何环境下依然很快乐，像热爱文字一样热爱生活，像热爱生活一样面对挫折。最喜欢他写《定风波》时的潇洒，道中遇雨，雨具皆去，被大雨打湿后还大声吟诵，"莫听穿林打叶声，何妨吟啸且徐行。竹杖芒鞋轻胜马，谁怕？一蓑烟雨任平生。……回首向来萧瑟处，归去，也无风雨也无晴"。每次给学生讲这首诗，就想这大胖子真可爱。当年读林语堂的《苏东坡传》，至今记住的，却是写脚底有北斗七星图的那一段，和写《喜雨檄文》时亦正亦邪的传说。

我也要做个有趣的人。所以还会和年少时那样想象，一个山村，有青色的远山，清澈的河水，有心爱的男人和一群孩子，看日落，看星起，看白云的手，看枯萎的野草，寻常日子寻常过，该干啥就干啥。

不再用自己的标准去衡量别人，也不会用别人的目光套住自己，更不会为一些得不到的东西纠结。

和朋友在一起时，我们开始回忆青春，遗憾过往，怀念爱人，诉说愿景。当然，更向往的是自由，为自己而活着的自由。

阅读与写作，的确可以悦己悦人、静心明志；也会让我们恪守一些痛处，一些软处，一些底线，因而有敬畏、有坚守。

文字，是一个爱人，你需要的时候，总在那里。你可以对它说内心深处的话，不过是让心里想的，跑到了纸上而已。

我写东西，除了消磨时间之外，渐渐成为一种生活方式。努力，不停地努力，是我的宿命。

一生要和自己的灵魂近距离接触，是件很辛苦的事。这些文字，是我献给自己的果实。真希望它们，能在某个夜晚，给阅读它的人带去点什么。

感谢自己，正在做一株温暖、努力生长的树。不管天再冷，夜多长，面对灯光，我微笑不止。

文章写到最后，写的是胸襟、心质和风骨。

是为记！

2019 年 5 月 17 日星期五